마지막 낭만

김세희 스토리 에세이

| 다름소설선 003 |

김세희 스토리 에세이

마지막
낭만

다름북스

작가의 말

작가의 말

 세상 사람들의 하루는 많은 이야기들이 생산되고 그리고 시간이 지나면 USB같은 기억의 곳간에 저장된다. 나도 그런 자잘한 이야기들이 내 속에 내장되어 있다. 그런 것들 중에서 스토리가 있는 이야기만 모아서 '스토리 에세이'집을 내기로 했다.
 틀에 박힌 수필에 싫증이 났던 사람이, 그 수필에 약간의 픽션을 가미해서 쓴 글이라 보면 되겠다. 읽기에는 더 편할 것이라 생각한다. 이 글들은 소설과 수필의 중간에 있다. 하나의 사건이 길게 해를 두고 이어지는 이야기도 있고, 나절의 이야기를 쓴 짧은 글도 있다.
 고품격 글을 보려면 논문이나 학술지를 보면 된다. 자고 나면 수 많은 글들이 쏟아져 나와 다 읽히지도 못하고 사라진다. 널리고 흔하지만 방법을 달리 하면 읽을 맛이 나지 않겠는가. 쉽게 읽히려면 끌리는 데가 있어야 할 것인데, 그것은 남들이 수필에 다 담지 못하는 이야기를, 담는 것이라 생각했다. 십 수 년 전에 쓴 글들을 이제 세상구경 시킨다.

차례

작가의 말

제1부 마지막 낭만

캥거루와 달팽이

여자의 울음소리에 잠이 깼다. 엄마였다. 나는 자세히 듣기 위해 살금살금 안방 문 앞까지 갔다.

"그 돈이 어떤 돈인데 주식을 해? 내가 여태까지 살면서 주식해서 돈 번 사람 보지를 못했어! 밖에도 안 나가고 삼시 세 끼밥 먹고 그 저지레를 하느라 조용했던 거야? 누가 당신을 꼬드겼어? 그 쓰레기 같은 주식을 사라고! 돈 쓸 일은 천진데 어떻게해?"

"……"

아빠의 목소리는 너무 작아 무슨 소리인지 알아들을 수 없었다.

"낼부터 어딜 가든지 나가! 방구석에만 앉아 있지 말고. 세 끼밥 해 받치는 것도 지겨워 죽겠어. 삼식이가 무슨 소린가 했더니, 당신 같은 사람을 두고 한 말이었어. 그렇게 일찍 들어오라고 해도 얼굴 보기도 힘들더니, 요새는 왜 안 나가는데? 오라는 사람이 없으셔? 없으면 차라리 등산이라도 가지, 누가 주식을 사라고 했어? 평생 일한 대가를, 몇 달 만에 다 날렸다니 내가 믿어지겠어?"

엄마의 앙칼진 목소리를 종합해 보니 사건의 전말은 이랬다. 아빠가 주식을 했다는 것과 돈을 다 날렸다는 것이다. 주인에게 버림받은 개가 헤어진 그 자리에서, 돌아올 주인을 하염없이 기다리듯 아빠는 컴퓨터 앞을 떠나지 못하고 있었던 것이다.

주식초보 아빠는 밤에도 잠을 안자고 주식공부인지 그래프인지 들여다보고 있었다. 사시나 행시를 보는 것도 아닌데 갑자기 공부한다고 될까? 《맨큐의 경제학》 경제기초이론 서적에서부터 《새뮤엘슨이 본 한국경제》 책이나, 워렌 버핏의 자서전까지, 대여섯 권이 책상 옆에 쌓여있었다. 이런 책들이 미래에는 어떤 도움이 되겠지만, 지금 당장 주식에서 잃어버린 돈을 찾는 데 도움이 될 것 같지는 않았다. 차라리 엄마에게 시달이지 않으려면, 트럼프가 대통령이 되기 전에 쓴 《협상의 기술》을 독파하는 것이 낫지 않을까? 제목만 보면 그렇다. 엄마랑 어떤 협상이라도 해야지 저렇게 초라한 몰골로 엄마 눈치를 보다가 방구석으로 쏙 들어가는 건 초라하기 짝이 없어 보였다.

아빠는 남자이지만, 주식을 연결할 때 쓰는 닉네임은 지혜의 여신 '미네르바'였다. 본래는 '58미네르바'였다. 한국통신에서 남이 쓰다버린 네임을 6개월을 기다렸다가 바꾼 이름이 앞, 뒤 달린 것이 없는 미네르바였던 것이다.

독일의 철학자 '헤겔'의 저서 《법철학》에 "미네르바의 부엉이는 황혼이 저물어야 그 날개를 편다."라는 말이 나오는데, 올빼미인지 부엉이인지 밤이나 되어야 전성기가 온다는 것 아닌가?

이름을 잘 지어야지, 이름부터 캄캄하다.

 요즘은 맛이 기막히게 좋다는 표현도 '미친 맛.' '미친 몸매' '미친 사랑.' '일에 미친.' 미치다가 유행인 모양이었다. 우리 아빠는 지금 주식에 미쳐있다. 주식의 십계명 중에 이런 말도 있었다. "주식과 결혼하지 마라." 주식이가 누구냐고? 아빠는 지금 거의 결혼한 상태처럼 주식과 붙어사니까. 요즘 돈을 다 털리고 나서는 "계곡이 있으면 고지도 있는 법." 이 말을 성경말씀처럼 굳게 믿고 있는 미친 개미가 되어있었다. 주가가 3일 동안, 순간 이동을 한 것처럼 순식간에 내려온 것을 믿을 수 없어 그 앞을 떠나지 못하고 있는 것이다.

"남은 돈 모두 내놔!"

 엄마가 소리치자, 아빠의 저음이 뭐라고 웅얼거렸다.

 "안 돼! 이걸 팔면 영영 만회할 기회가 없어져, 지금은 바닥을 치지만 올라갈 때 팔아서 줄게."

"만회 좋아하시네! 깡통을 차게 될지도 몰라, 은행 다닌 거 맞아? 주식해서 본전 찾았다는 소린 들어본 적 없어. 돈 내 놔. 안 줘? 나머지라도 건져야지! 당신 비번, 몇 번이야? 내가 팔아 치워야지. 왜냐구? 퇴직금의 반에 대해서는 내게도 권리가 있어!"

 엄마가 악을 썼다. 엎치락뒤치락 하는지 컴퓨터가 바닥으로 떨어지는 소리가 났다.

"내가 안 주겠다는 게 아니야! 지금 팔면 정말 돈이 삼분의 일

토막으로 끝나지만, 계속 내려가진 않을 거니까 좀만 기다려!”

“좀? 그 주식이 무슨 희망이 있어서 올라가? 돈 있는 놈 양심 있는 거 봤어? 최대주주도 반이나 팔았다며? 그 놈을 믿고 기다린다구?”

난 내 방으로 돌아왔다.

그 주식이라면 나도 알고 있었다. 아빠가 그 주식을 사고 돈을 뻥 튀겼다며 얼굴이 활짝 피었었다. 불고기 파티도 열었다. 엄마는 분명 고기도 같이 먹었다. 하지만 엄마의 태도는 돈 앞에서는 완전 돌변했다. 아빠가 그때 팔았으면 좀 좋았을까? 팔지도 않은 주식으로 돈 벌었다며, 우리 가족은 파티를 즐긴 것이었다. 보나마나 그 다음날부터 내리막을 타서 계곡에 처박힌 것이 틀림없었다. 이젠 아빠 자신의 주가도 바닥을 쳤다.

집안 전체에 암울한 저기압이 내려앉았다. 난 어떡하지? 이미 결혼이나 자립을 해서 부모로부터 분가해야 마땅할, 서른 세 살이지만 결혼은 물론, 남친도 없다.

난 남에게 얼굴 ‘예쁘다’는 소린 들어본 적이 없다. 유년시절 아빠가 가끔 내가 스스로 세수나 머리를 빗었을 때 하시던 칭찬을 진짜로 믿고 예쁜 줄 알았다.

“아이구, 우리 딸 예쁘구나?” 이 소리도 더 크고 나서는 그나마 들어 본 일이 없었다. 커서 보니 그건 얼굴이 예쁘다는 소리가 아니었다. 그때 '예쁘다'는 제 할 일을 했다는 성실함에 대한 칭찬이었다.

세상 사람들은 생김으로 평가하기를 좋아했다. 잘 생겼다는 것이 자신의 노력으로 얻어진 것이 아닌데도 말이다. 그것은 정말로 불공정한 신의 영역이기도 했다. 하지만 나도 커 가면서 사람들이 선호하는 취향에 맞추어 성형을 꿈꾸었다. 미인으로 거듭나는 것은 돈이 있어야 했다. 내가 궁리한 돈 모으기는 아주 단순했다. 안 쓰면 모인다는 것이다. 그것은, 엄마 품을 벗어나서는 절대 이룰 수 없는 꿈이었다. 바로 캥거루족이 되는 것이었다.

나는 별 볼일 없는 전문대학을 나와서, 4년제 대학에 편입했다. 졸업하던 해, 은행에 계약직으로 들어갔다. 계약직이 끝났지만 재계약되지는 않았다. 아마 세간에서 말하는 용모 단정하지 않아서인 것 같았다. 난 교사 임용고시를 준비했다. 그래도 두 번 만에 19번째로 붙었다. 성적이 좋지 않아 언제 발령이 날지는 기약이 없었다. 아마 이 년은 더 기다려야 할 것 같았다.

"와! 정말, 우리 '은나라'가 선생님이 되는 거야?"

엄마가 나에게 호의를 표시하는 건 처음 봤다.

또 엄마는 네 명이나 되는 이모들에게 돌아가며 전화도 했다.

"글쎄 언니, 우리 '나라'가 이번 교사임용고시에 붙었잖아, 머리가 좋은가봐. 이번 주에 내가 밥 살게!"

엄마는 싫증도 내지 않고 네 명의 이모에게 똑 같은 말을 반복

했다. 맨입으로 자랑만 늘어놓는 것은 탈세라고 생각하시나? 엄마는 자진납세까지 해가며 자랑하고픈 모양이었다. 아직 엄마 곁에 붙어살아도 되겠다는 느낌이 들었다. 서른 살이 넘도록 엄마가 해주는 밥을 먹고, 용돈도 받았다. 돈 받을 때마다 스스로 손이 부끄럽지만, 그렇다고 용돈 그만 줘도 된다는 말은 나오지 않았다. 그런 말 하자마자 엄마는 정말로 용돈을 싹, 끊을 것이었다. 엄마의 관심 밖으로 밀려나는 것은 왠지 내 가슴이 너무 시릴 것 같았다. 하지만 주식이 계곡에 처박힌 아빠 때문에 나에게도 어떤 식으로든 불똥이 튈게 뻔했다. 교사임용고시에 붙고 나서, 언니에 비할 바는 아니지만. 엄마의 대접도 이제야 좀 격이 높아졌는데 말이다, 난 직접 생활전선에 뛰어들어 치열하게 살지 않아도 되는, 모든 것이 엄마 선에서 해결되는, 이 편안한 캥거루 같은 삶이 좋았다.

아빠는 은행에서 일했었다. 은행은 다른 직장보다 정년이 빨랐다. 아빠는 그래도 잘 버티어 56세에 퇴직했다. 퇴직한지 이 년이 되었지만, 그래도 일 년은 계약직으로 나갔었다. 아빠는 일 년 만에 그 계약직도 그만 두었다. 속된말로 아직은 배부른 아빠의 자존심이었다고 해야 할까?

"하는 일도 없이 돈만 받으려니 미안하고 불편해! 사무실 의자가 가시방석 같아!"

엄마는 그때도 기가 막힌 얼굴로 쏘아댔다.

"아니, 별 하는 일도 없이 월급을 준다는데 왜 안 받아? 손이 작아 못 받아? 기가 막혀서, 100살까지 살지도 모르는데, 돈 없이 어떻게 살아?"

"당신은 돈밖에 몰라? 말끝마다 돈! 돈! 돈!"

하지만 아빠는 엄마의 잔소리에도 불구하고 그 직장을 그만두었다. 그 뒤, 집에서 칩거 중인데, 그 사이 본격적으로 주식을 시작한 것 같았다.

아빠는 퇴직을 하고부터는 완전히 달라졌다. 서재에 틀어박힌 채로 밥 먹을 시간에만 나오더니, 이젠 일상이 되었다. 엄마와 싸울 시간도 없이, 집에 늦게 돌아오던 아빠는, 집에 있는 시간만큼 엄마와 자주 다투었다. 다툰다기보다 엄마의 일방적인 공세였다. 아빠는 그렇게 시달려도 모임 외에는 나가지 않았다. 아빠의 머릿속은 오로지 주식으로 꽉 찬 것 같았다.

아빠는 달팽이처럼 필요할 때만 문밖으로 쏙 나왔다가, 엄마가 무슨 말을 꺼내기 전에 서재로 쏙, 들어갔다. 달팽이가 일이 없거나, 어떤 위험으로부터 자신을 방어하고자 집 속에 몸을 숨기는 모양과 닮았다고나 할까. 아빠는 달팽이족이 되어 갔다.

언니는 엄마의 기대와 사랑을 독차지하다시피 했다.

공부면 공부, 피아노면 피아노, 못하는 것이 없었다. 고등학교 때는 음대교수에게 피아노지도도 받았다. 언니의 과외비는 엄청났다. 그래도 엄마는 언니의 일이라면 신바람 나게 쫓아다녔다.

나는 언니와 연년생이지만, 엄마는 내가 몇 반인지도 몰랐고, 나의 성적에는 관심도 없었다. 난 과외는커녕, 단과학원에도 다니지 못했다. 나는 언니의 최대 피해자였다. 엄마는 내게 늘, 이렇게 말했다.

"넌 학원 다니지 말고 집에서 해라. 언니 과외비가 너무 많이 들어 가."

이럴 땐 내가 진짜 엄마 딸이 맞는가 싶게 의심이 갔다. 난 언니 땜에 손해 보는 것 같았지만, 돈 주는 사람은 엄마였으니 안 들을 수도 없었다. 언니는 늘 새 옷만 입었고, 난 아주 어렸을 때부터 언니의 헌옷을 물려받았다. 심지어 언니가 신던 운동화를 물려받기도 했다. 연년생이지만 언니는 나 보다 발이 크고, 키도 컸다. 난 사이즈가 맞지 않는 신발을, 교정의 벤치에 앉아 몇 번씩 팽개쳤다. 그러면 속이 좀 후련했다. 정말 헌것이라면 지긋지긋했다.

엄마는 심지어 언니의 일을 나에게 상의까지 했다.

"애, 언니 피아노 선생에게 이번 추석 선물은 뭘 하면 좋겠니?"

엄마는 나에게 친구처럼 물었고, 언니는 모셔야 하는 아씨처럼 떠받들었다.

'내가 엄마라면 이렇게 차별대우하지 않겠어! 언니가 빨리 시집

이나 가 버렸음 좋겠어!'

 난 엄마가 불공평하게 대할 때마다 이 말을 주문처럼 외웠다. 내 가슴속 앙금이 은연중 기도가 되어 버렸는지도 모를 일이었다. 말이 씨가 된다고, 드디어 언니가 옆집 아주머니의 중매로, 장래가 촉망되는 청년과 결혼하게 되었다. 그러나 왠지 언니는 청년을 달가워하지 않았고, 약혼까지 한 어느 날 결혼하지 않겠다고 선언했다. 하지만 엄마의 눈에 최적의 조건을 갖춘 남자였으므로, 언니의 말은 받아들여지지 않았다. 엄마가 언니를 키우는데 이만저만 투자한 게 아니었으므로, 언니는 엄마의 작품이라 할 수도 있었다. 그러므로 완성도를 높이는 것은 엄마의 재량이었다.

 아마 나였다면, '얘, 신랑은 니가 알아서, 니 맘대로 해! 그리고 임자 있을 때 얼른 가!' 라고 했을 것이다.

 언니의 말에 의하면, 그 청년의 친구들과 모임이 있었던 어느 날, 별일도 아닌 말에 소주병을 깨서 친구에게 들이댔다는 것이다. 언니는 그런 버릇이, 나중엔 언니에게도 그럴 것이라며 무서워했다. 하지만 엄마는 그 말을 새겨듣지 않았다. 엄마는 아빠가 퇴직하기 전에 결혼을 시켜야 한다는 생각으로 머릿속이 꽉 차 있는 듯 했다. 그래야 하객이 많이 오고, 그동안 여기저기 낸 축의금 일부라도 회수할 수 있는 기회를 잡을 테니까. 안 그러면 그렇게까지 서두를 필요가 없었다. 엄마는 아빠가 퇴직하기 한 달 전에 결혼날짜를 잡았다.

엄마는 언니의 결혼 준비로 몹시 분주했다. 거액의 전셋집도 엄마 돈으로 구했고, 가재도구는 물론, 대형 냉장고엔 먹을거리도 가득 채웠다. 나였다면 엄마가 이렇게까지 해 줄까? 어림없을 것 같았다. 엄마는 내게 관심이 일도 없으니까.

엄마의 예상은 적중해서 많은 하객이 오고, 축의금 얼마라도 회수할 수 있었다.

그런데 결혼을 한 언니는 볼 때마다 말라갔다. 어느 날, 언니가 나를 불렀다.

"나라야, 엄마가 걱정하니까, 너만 알고 있어. 나 있잖아."

언니는 그 말을 하고 뜸을 들였다.

"뭔데 말해봐, 엄마에게 말 안 할게."

언니가 결심한 듯 말을 꺼냈다.

"나아, 형부랑 못 살겠어."

"왜?"

난 눈을 동그랗게 뜨고 언니를 쳐다보았다. 언니는 바르르 떨리는 입술을 앙다물었다가 말을 이었다.

"변태야!"

"엉?"

나는 전혀 상상하지 못한 언니의 말에 깜짝 놀랐다. 언니는 일어나서 커튼을 쳤다. 난 언니의 다음 행동을 지켜보았다.

'도대체 뭔 말을 하려고 커튼까지 치는 거지?'

언니는 불을 켰다. 그리고 걸치고 있던 스웨터를 벗고, 등을 돌리고 앉았다. 언니의 등은 이빨자국으로 보랏빛 멍이 군데군데 있었고, 상처엔 간간이 피가 굳어 있었다.

"아니, 언니! 왜 이래? 아니? 이렇게 한 사람이 형부란 말이야?"

난 앉았다 말고 벌떡 일어나며 외쳤다. 놀람에 말문이 막혔다. 더 이상 말하지 않아도 언니가 참을 수 없으리란 것을 잘 알 수 있었다. 난 정신을 차리고 순식간에 손에 들고 있던 휴대폰으로 언니의 등을 찍었다.

"야! 창피하게 뭐하려고 그래? 응? 절대 엄마에게 보이면 안 돼!"

"그게 문제야? 이런 건 찍어야 해. 그래야 언니 말을 믿을 거 아냐? 이렇게 어떻게 살아?"

"조용히 해! 내가 말했지? 엄마에게 말하지 말라고. 말했다간 너에게도 다시는 말 안 할 거야!"

"근데, 언니. 왜 등을 이렇게?"

언니는 나를 빤히 쳐다보았다. 그리고 결심한 듯 말했다.

"성불구야. 그동안 밤이 지옥이었어. 그럴 땐 있지, 눈에 파란불이 흐르는 맹수 같아. 그도 어쩌지 못하는 한계에 발악을 하는 거겠지. 아! 이건 아닌 것 같아! 난 어쩌면 좋겠니? 밤이 올까봐 무서워! 더 이상 버티지 못할 것 같아. 어디 엄마 없는 데로 가서 죽어 버릴까봐!"

엄마의 기대와 관심이 언니를 짓누르는 것 같았다. 선망의 대상이었던 언니가 지금처럼 작고 불쌍해 보였던 적은 이때까지 없었다.

"언니, 밥은 먹었어?"

목이 한참 길어진 언니가 밥 구경도 못한 것처럼 보였기 때문이었다. 난 전화로 피자를 주문했다.

"먹어, 언니. 일단 먹고 생각 좀 해 보자!"

난 피자를 한 조각 떼어내 언니의 입에 갖다 댔다. 언니는 마지못해 피자를 한 입 물었다.

말하지 않겠다고 언니에게 약속했었지만, 도저히 엄마에게 말하지 않을 수도 없는 일이었다. 엄마가 주방에서 달그락거리며 설거지를 하고 있었다. 나는 거실에서 서성거렸다. 별 뾰족한 묘수는 없었다. 말하는 수밖에. 아빠의 주식이 물밑으로 가라앉으면서 엄마의 기분도 가라앉아 있었다. 저기압권의 엄마에게 말을 건다는 것이 무서웠지만 어쩔 수 없었다.

"엄마, 전혀 상상하지 않은 일이라도 놀라지 말고 들어봐. 저 있잖아, 있잖아."

"얘가 뭔 얘긴데 이렇게 뜸을 들여? 돈이니?"

엄마의 끝말은 언제나 '돈'자로 귀결되었다. 아마 머릿속엔 돈으로 꽉 차있는 건 아닌지 모르겠다.

"아이 참, 내가 돈밖에 모르는 사람인줄 알아? 언니 얘기야."

언니 얘기라는 말에, 엄마는 관심을 집중했다.

"뭔데?"

"놀라지 마, 엄마. 그냥 엄마랑 의논하려고."

"야, 빨리 말 안 해? 나, 화나려고 해!"

"엄마, 언니 이혼해야 할 것 같아."

"뭐라고? 이거 내가 꿈꾸는 건 아니겠지? 며칠 전엔 니 아빠가 날 놀래키고, 오늘은 너야?"

"내가 아니고 언니야, 심각해. 미안해 엄마. 이 사진 좀 봐. 미룰 수도 없는 얘기야."

엄마는 이제야 내가 괜히 해보는 말이 아님을 안 것 같았다. 엄마는 표정을 조금 누그러뜨리고, 내가 내민 사진을 들여다보았다. 엄마의 눈썹이 꿈틀대는 것 같았다. 매우 화가 났다는 것을 알 수 있었다. 노발대발 소리칠 줄 알았는데, 엄마는 애써 침착하게 말했다.

"요즘 이혼하는 게 뭐 대수니? 내가 우리 딸에게 투자한 게 얼만데, 내가 데리고 사는 한이 있어도 이런 꼴은 못 보지! 에휴! 그래, 어쩌다 그런 놈이 내 사위가 됐대? 근데? 그놈 참 괘씸하네! 그것도 남자 꼬다리라고! 결혼시킨 에미는 또 뭐야? 증말 배신감 느끼네! 사람을 뭘로 보고? 이것들을 그냥!"

엄마의 안사돈은 '에미'로 전락했고, 사위의 호칭은 벌써 '그놈'이 되었다.

엄마는 거미처럼 마른 언니를 병원에 입원시켰다. 며칠 뒤, 다시 신경정신과의 진료를 받게 했다. 그런 다음, 다시 언니의 집으로 보내 얼마간 더 살게 했다. 그것을 기록으로 남긴 뒤, 변호사에게 도움을 청했다. 이미 마음이 떠난 인간들에게 엄마의 계산은 돈으로 귀결되었다. 또 '그놈'의 '에미'에게 자초지종을 말하고, 언니가 살던 집도 내 놓았다. 피 같은 돈으로 산 가구이니 그냥 버릴 수 없다며, 아는 사람들에게 일일이 전화해서 다 팔아치웠다.

"사위가 글쎄, 가구가 맘에 들지 않는다네. 내친 김에 새로 싹 바꿔 주려고."

엄마는 능청스럽게 거짓말을 했다. 돈 앞에서는 정말 '파이팅!'이다.

엄마가 사부인을 만나는 자리에 나도 같이 따라나섰다. 엄마는 사부인이 내온 차는 입에 대지도 않고, 자초지종을 말했다.

"위자료 말인데요, 변호사를 선임해서 딸이 그동안 받은 정신적인 피해에 대해 고소할까요? 아님 그냥 주실 거예요? 말씀해 보세요."

"좀 싸울 수도 있지, 요즘 세상엔 장모가 딸을 이혼시킨다더니…."

이 말이 채 끝나기도 전에 엄마가 반격을 했다.

"이건 그게 아니잖아요? 아들이 어떤 문제를 안고 있는지도 모르면서 다 아는 것처럼 말하지 마세요. 딸 가진 부모라면 다 못견딜 일이에요!"

덧붙인 몇 마디의 설명으로 엄마의 안사돈은 굴복했고, 자기의 비자금이라며, 삼천만원을 약속했다. 언니의 이혼은 그렇게 일단락이 되었다. 그래서 언니는 연어처럼 살던 곳으로 돌아왔다.

어느 날 지하철을 타고 집으로 가고 있었다. 생각 없이 출입문쪽을 쳐다보고 있었다. 출입문 가까이에 파릇파릇한 젊은 남녀가 홀린 듯 둘이 붙어 있었다. 사람들은 관심 없는 척하면서도 그 쪽을 흘끔흘끔 쳐다보았다. 하의가 실종한 옷을 입고 있는 여자애가 먼저 까치발을 들고 멀대같은 남자에게 입을 맞추었다. 키가 큰 청년은 누구의 눈치도 보지 않은 채 고개를 숙이며 여자애의 뺨을 두 손으로 감싸고 이마에 키스했다. 신촌역에서 내리려는 사람들이 문 앞으로 모여들자 그 둘은 몇 발짝 뒤로 물러섰다. 물러서며 서있던 각도가 달라지자, 그네들의 얼굴이 보였다. 난 깜짝 놀랐다. 바로 남동생이었다. 남동생이 모델학원을 다녀오는 길인 것 같았다. 나는 아는 척하지 않았다.

'저것들이… 저러다가 사고치는 거 아냐?'

난 엄마에게 일러바치기로 마음먹었다.

성격이 활달한 남동생은 늘 친구들을 집에 데리고 왔다. 남동생의 친구들은 자고 가는 것도 예사로 했다. 저녁때면 집안이 늘 북적거렸고, 새벽의 싱크대는 라면그릇으로 가득 차 있었다. 아침이면 엄마는 당연한 듯 설거지를 했다. 어느 날 저녁 동생의 친구들은 또 식탁에 모여 앉아 떠들고 있었다. 난 얄미운 생각에 소리 질렀다.

"야! 문 닫고 방으로 들어가서 떠들어, 시끄러워! 나 잠자야 하거든! 그리고 라면은 컵라면으로 사다 먹어, 설거지도 안하면서 양심도 없어? 다 큰 것들이! 아참 글고 화장실에선 앉아 쏴! 드러우니까!"

난 남동생과 그 친구들을 남동생의 방에다 몰아넣었다.

"문 닫고 우리가 어케 들어가나요?"

유유상종이라더니, 하는 짓거리들도 비슷했다.

"그럼 누나, 컵라면 좀 사다 주실래요? 컵라면 하나에 심부름 값 천 원씩 붙여 줄게요. 누나 돈 좋아한다면서요?"

"니들이 가, 임마! 야밤에 숙녀가 나 다니면 괴한이 잡아 가!"

"헤헤. 누님 얼굴이 무기인데 누가 잡아가요?"

"이것들이 그냥 확!"

난 문을 꽝 닫았다.

새벽 알바를 끝내고 집에 돌아왔을 때도, 여전히 현관엔 신발이 어지러이 널려 있었다. 아침 해가 똥꼬를 찔러도, 청소기가 돌아가는 소리에도 잘도 잔다.

"삼신은 잘 빌었다, 쌔끼들! 잘 먹고 잘 자고 잘 놀고, 요렇게 빌었나? 잠도 잘 자네!"

난 동생의 방을 보며 괜히 심통이 나서, 우리 할머니가 잘 쓰는 말을 흉내 내며 한마디 뱉었다. 동생은 엄마를 닮아 허우대는 멀끔하게 잘 생겼다. 옷걸이가 좋아 옷을 입으면 폼이 났다. 남동생은 남들이 들으면 알지도 못하는 대학에 들어갔고, 졸업도 하지 않고 군에 자진 입대했다. 제대 후에는 공부 쪽은 아예 포기했는지, 모델학원을 기웃거렸다. 키만 크다고 다 모델이 되는 건 아닌데, 학원비를 대주는 엄마가 이해되지 않았다. 내가 봐도 될 것 같지도 않은 일에 돈과 시간을 버리는 것 같았기 때문이었다.

내가 지하철에서 남동생을 만난 지 그리 오래지 않아, 엄마의 꼭지가 돌만한 소식이 날아들었다. 지하철에서 본 그 여자애가 임신을 했다는 소리였다. 애가 생긴다는 것은 보통일이 아니었으므로, 엄마는 난감해져 가족회의를 열었다. 우리 가족 모두 의견이 분분했다. 나는 키울 주제가 못 되니 낙태를 시키라고 말했다가 동생에게 된통 받아 쏘였다.

"누나는 사람을 죽이라는 말이 그렇게 쉽게 나와?"

"태아가 사람이니?"

"누나, 심장이 뛰는데 왜 사람이 아니야? 아주 작은 아기든, 어른이든, 다 같은 사람이지! 어떻게 사람 죽이라는 말이 그렇게 쉽게 나와?"

"야! 넌 태아의 심장 뛰는 소리만 들리고, 엄마 심장 떨어지는 소리는 안 들리니? 돈 없이 어떻게 책임을 지니? 요즘은 돈 있으면 양반이고, 돈 없으면 죄악이야! 다수결로 하자."

'돈 없으면 죄악'이라는 엄마의 말에 살짝 동생의 눈치를 보았다. 동생은 엄마의 말을 맞받아 비아냥거렸다.

"엄마는 사람 죽이는데 다수결로 해? '다수결의 폐해는, 정의나 진리를 오도할 수 있다.' 엄마는 그것도 몰라? 생긴 애는 다 이유가 있어서 생긴 거야! 나중에 우리 집을 빛내는 인물이 나올지 누가 아냐고? 우리는 이미 낳기로 결정을 했어!"

IQ와 EQ는 다른 모양이다. 나는 공부도 못하던 남동생이 말 떨어지기 무섭게 받아치는 입을 멍하니 쳐다보았다. 엄마가 묻자 동생은 결심한 듯 단호하게 말했다.

"결혼시켜 주세요."

"뭘 먹고 살 건데? 대책 없이 아이만 낳으면 되니? 아이는 무슨 돈으로 키우고?"

남동생은 큰누나에게 구원의 눈길을 보냈다. 언니는 언제나 그렇듯이 말씨도 침착하고 조신하게 말했다.

"직업을 구할 때까지만 돌보아 주다가 살림을 내 주면 될 것 같아요."

"야, 직업도 없는 것이 일부터 저지르면 어떡하니? 걔네 집에서 허락하겠니? 같이 살고 싶음, 그 모델학원부터 때려치워, 주제를 알아야지!"

난 또 동생을 쳐다보며 초를 쳤다.

"거, 참! …."

아빠가 이제 막 의견을 말하려고 하는데, 엄마가 결론을 내리려고 이미 입을 열었다. 난 좀 민망했고, 아빠가 불쌍해졌다. 주식이 곤두박질 친 이후로 아빠의 위상도 하한가 수준이었다.

"학원 당장 때려치우고, 서푼을 받더라도 직장을 구해! 쌀과 반찬은 집에서 줄 거니까, 생활비는 너희가 벌어서 써! 아, 그리고 원룸 하나는 구해 준다."

동생은 고개를 숙였다. 한참 만에 고개를 들고 말했다.

"싫어요, 엄마, 이 집에서, 내 방에서 그냥 살면 안 될까요? 그럼 아무것도 안사도 되잖아요. 제 방에서 일곱 명이 잔적도 있는데요."

"나가! 임마. 나가서 살아 봐. 세상이 호락호락한지 어떤지. 너도 자식 키워 봐! 공부도 안 하고 말 안 듣는 놈이 사랑스러운지. 새끼라고 다 이쁜 줄 아니?"

'새끼라고 다 이쁜 줄 아니?'

엄마가 흥분해서 한 이 소리는 나를 두고 하는 소리 같았다. 다이쁘지 않아서 나에겐 고물 옷만 입혔구나! 부모들에겐 하는 짓도 예뻐야 하지만, 생긴 것도 한 몫 하는 것 같았다. 엄마는 나에게 작은 고모를 빼 닮았다고 했다. 작은 고모는 내가 보기에도 예쁜 구석이 없었다. 키는 작았고, 또 이목구비 어디 하나 잘 생긴 데가 없었다. 하필 그 고모 닮았다는 소리는 매번 나를 기분 나쁘게 했다. 난 엄마도 닮지 않았지만, 그렇다고 아빠를 닮은 것도 아니었다. 아빠는 큰 키에, 미남은 아니지만 어디가도 빠지는 인물은 아니었다. 엄마는 경제적으로, 또는 이쁘지 않아, 나를 그 흔한 학원에도 보내지 않았었나? 말 속에 뼈가 느껴지는 대목이었다. 난 학원에 가지 않아, 모자라는 공부는 내가 알아서 했다. 내가 공부도 못하고, 하는 짓까지 눈 밖에 났더라면, 연년생이라는 이유로 할머니 댁에 보내졌을지도 모를 일이었다.

할머니는 다른 할머니들 하고 좀 달랐다. 말을 툭툭 쏘아 정감이라고는 없었다. 고등학교 일 학년 때, 할머니댁에 간 적이 있었다.

"할머니, 내가 혹시 고모 딸 아니야? 눈도 요렇게 작고, 구강구조가 똑같잖아. 이게 다 할머니 책임이야! 그러니까 쌍꺼풀하고, 치열교정 할 때 할머니도 돈 좀 보태줘야 해요!"

"하이구, 살다살다 빌 소리 다 들어 보겠네! 눈까리 커봐야 문지(먼지)밖에 더 들어가? 흥, 소눈깔 같은 게 머가 이뿌도? 그리고 니 애비 에미 다 놔두고 누가 고모 닮으래?"

할머니는 그런 말을 하는 내게 머티*를 주었다. 하긴 할머니에게 씨알도 안 먹힐 소리이긴 했다. 생긴 것이 나의 선택은 아니었지만, 결국 그 뒷감당은 내가 하는 거였다.

전체 성형을 하자면, 돈이 필요했다.

난 엄마 말을 고분고분 잘 들었고, 불평은 입 밖으로 꺼내지 않았다. 엄마는 하녀 같은 딸이 곁에 있는 것도 괜찮다고 생각했는지 모른다. 그래도 무지막지한 할머니 댁으로 보내지 않고, 엄마 곁에 둔 것만 해도 고마웠다. 엄마가 혼자 사는 할머니를 우리 집으로 모셔오지 않는 이유도 어렴풋이 짐작이 갔다. 엄마는 자신의 살붙이 외에는 관용이 잘 생기지 않는 사람이었다. 동생이 데려 올 여자애라고 예외일 수는 없었다.

동생이 결혼을 하고 원룸으로 나간 지 육 개월도 못 채우고 아기가 태어났다. 아기가 태어난 뒤, 남동생은 집에 자주 왔다.

"참, 자주도 온다!"

나는 남동생이 돈이나 그 밖의 것을 얻으러 집에 올 때마다 비아냥거렸다. 남동생은 뷔페에서 서빙을 하였는데, 그 월급으로는 생활비도 모자랐다.

"엄마, 난 휴일에 쉬지도 못해! 일요일은 더 바쁘다니까. 밤에 아기가 울어서 잠도 못 자겠어. 밤에만 여기 데려다 놓으면 안 될까요?"

---

* 머티 : '핀잔을 주다.'의 뜻 청송영일 방언

난 동생의 말이 떨어지기 무섭게 받아쳤다.

"흥! 너의 고요한 밤은 끝났어, 임마. 좋으나 싫으나, 눈이오나 비가 오나 생산자가 책임져야지!"

남동생이 나에게 눈총을 쏘더니, 거실에 벌렁 눕는다.

"엄마, 분유가 떨어졌어. 기저귀도 조금밖에 안 남았어요."

"어이구, 그러게 조심 좀 하지. 어쩌다 애는 낳아서 고생이니? 돈 못 벌면 그냥 면 기저귀 써."

돈을 못 벌면 값이 싼 분유나 먹일 것이지, 꼴에 산양분유만 먹였다. 면역력을 높이기 위해서라나. 남동생 딴에는 어쩔 수 없는 선택이었겠지만, 동생은 엄마에게 빨대를 꽂고 필요할 때마다 빼가는 빨대족이 되었다.

오늘 엄마가 외출하고, 집안이 조용했다.

아빠는 다 망한 주식을 만회하려고 애쓰는지 방에서 나오지도 않았다. 내 나이보다 더 많은 괘종시계는 벌써 한 시 반을 가리켰다. 난 아빠의 달팽이 껍질 같은 방문을 노크했다.

"아빠, 점심 뭐 먹을까요?"

"응, 아무거나."

눈은 내게 돌리지도 않고 대답했다. 나도 뭐 특별한 요리를 만들려고 묻는 것은 아니었다. 메뉴는 집에 있는 것 중에 택하는 것이었지만 아빠의 대답은 항상 '아무거나'였다. 컴퓨터를 들여다보는 아빠의 모습이 너무나 추레했다. 저대로 주식이 망하면, 아빠의 위치는 젖은 낙엽을 면치 못할 것이다. 돈 없는 가장이 거의 그렇듯이.

삶의 질이 떨어진 상태로 인간의 수명이 길어진다는 것은, 축복인지 불행인지 가늠할 수 없었다. 아빠의 암울한 미래가 절로 그려졌다.

아빠는 컴퓨터를 쏘아보고 있었다. 아마 그래프를 보고 있는 모양이었다. 그래프는 주식의 지나간 발자취이지, 다가올 미래가 아닌데도, 아빠는 주식이 수학처럼 공식이 있는 줄 아시는가 보다.

"아빠, 저 다 알아요. 엄마가 없으니까 말인데, 어쩌다가 그런 주식에다 몰빵쳤어요?"

"대선에 나올 줄 알았지. 갑자기 합치는 바람에…, 고기파티 할 때 팔았어야 했는데……. 나중에 알았지만 최대주주는 자기가 보유하고 있던 주식을 최고가에 반이나 팔았더라, 내가 지금 팔면 진짜 다 날리는 거니까. 주식이라도 붙들고 있는데…. 9시 뉴스에 그 사람이 그 돈의 반을 사회에 환원한다고 나오더라. 참! 사회보다 개미들에게 환원해야 하지 않겠니? 개미들 돈으로 자기 생색을 내니, 뭔가 강탈당한 느낌이다. 그 사람은 공부만 잘한 게 아니고 그 쪽으로도 아주 도가 텄나 봐."

"아빠, 제가 은행에 근무할 때, 주식에 대해 공부 좀 했거든요.

어떤 주식에 장기 투자하려고 회사까지 답사를 했었고요, 회장의 인품까지 대충이라도 아는 게 좋아요. 그들은 법망을 피해서 돈을 긁어갈 수 있는 구멍을 귀신같이 잘 찾아내거든요. 같은 회사를 이름만 달리해서 쪼개기, 말하자면 중복상장 같은 것을 하는데, 그것은 주식의 가치가 반으로 떨어지는 거나 마찬가지예요. 또 주주의 권리를 침해하는 거라서, 주주들이 반대를 하는 거예요, 아니면 가치가 다른 주식을 인수합병 한다든지 해서, 개미들 돈 가치를 뚝, 떨어뜨리거든요. 이렇게 했던 회사들이 몇 년 뒤에까지 고발당하거나 뒷말이 무성하잖아요. 지금 아빠가 갖고 계신 주식은 정치인이 대주주로 있잖아요. 그런 주식은 손대면 안 돼요. 선거에서 떨어지면 몇 년 동안 올라가지 않아서 본전 찾기 어려워요. 주식 값 올리려고 선거할 때마다 나오는 사람도 있기는 있어요. 하지만 그런 주식은 절대 피하는 게 좋아요. 어떤 주식은 낼 모래 상장폐지 될 판인데, 하루 전까지 상한가까지 가는 것도 있었어요. 아빠가 사신 주식은 최대주주가 정치에 다시 입문한다는 뉴스가 나오면 또 올라갈 거예요. 그때 미련 없이 던지세요. 그래야 반타작이라도 하죠."

"……."

"참고 기다리세요, 주식은 기다림의 미학이기도 하잖아요. 금방 망할 주식은 아니니까, 던지지 말고 갖고 계세요. 팔아서 다른 것으로 사고팔고 하다가, 종내는 깡통을 차는 게 개미들이니까요."

 아빠는 아무 말도 하지 않았다. 아님 몇 마디에 다 말할 수 없음인지. 아빠는 점심을 대충 때운 뒤, 방공호 속으로 들어가면 주식시장이 끝나는 오후 세 시 반이 될 때까지는 방에서 나오지 않았다. 은퇴라는 것이 남자에게는 치명적인지 아빠는 부쩍 초췌해 보였다. 머리는 언제 감았는지 부스스한 머리칼에 헐렁한 추리닝을 며칠 째 같은 것으로 입고 있는 모습이 초라하기 짝이 없었다.

 난 컴퓨터 좌판을 뚫어지게 바라보았다. 처음부터 이 주식을 살 마음은 없었다. 어느 날 만난 동창 놈이 정통한 소식통에 의한 뉴스라고, 일확천금을 할 것처럼 자꾸 사보라고 권하는 바람에 혹시나 하고 샀다. 처음에는 천 주가량 샀고 점점 올라가자 이거다 싶어, 그 주식에다, 퇴직금의 반을 몰빵 쳤다. 내가 지금 관심 가는 곳은 오로지 주식의 빨간 불 뿐이다.
 난 옛날부터 녹색신호를 좋아했다. 집에서 은행까지 녹색신호만 받고 가는 날은 뭔가 좋은 일이 생길 것 같아 기분이 좋았다. 소시민인 내 인생도 여태 그렇게 달려왔다고 해도 틀린 말은 아니었다. 베이비붐 시대의 또래 인구가 천 백만에 이르지만, 중학교에서, 대학까지 한 번도 시험에 떨어진 적이 없었고, 직장도 무난히 들어갔다. 타 은행보다 항상 실적이 우수해서 승진에 누락

된 적도 없었다. 그건 내조의 힘도 한몫했다고 인정한다. 사교적인 아내의 덕에, 동네 사람들은 적금이나 재산세 등을 모두 내가 근무하는 은행으로 보내주었다.

어느 날은 나갈 때부터 빨간 신호에 걸리기 시작하면, 신호마다 멈추어야 할 때가 있다. 그런 날은 뭔가 불길한 사건이 일어날 것 같은 예감이 들었다. 하지만 내가 주식을 하고부터는 그 선입견이 완전히 뒤바뀌었다. 파란신호는 내게 절망감을 안겨주었다. 주식의 숫자가 파란색으로 주욱 내려가고, 사자는 사람이 없어 팔지도 못하는 상황에 처해본 뒤로는 파란색이 달갑지 않았다.

빨간 신호가 없는 내 인생이 축복받은 인생이라고 믿었지만, 이 지점에선 오히려 애타게 빨간 신호를 기다리고 있다. 언제까지 기다려야 할지는 신만이 아실 일이었다.

파란 신호를 좋아하던 어제의 나에서, 이젠 빨간 신호를 눈 빠지게 기다리는 오늘의 내가 되었다. 주식이 형편없이 깨지고는, 아내의 눈빛이 내 심장까지 파고든다. 빨간 신호가 들어올 때까지는, 그 레이저 같은 눈빛을 피해 내 방공호로 피할 수밖에 없었다.

아빠는 앞이 안 보인다. 잘 나가던 때가 언제였던가, 가물거릴 것이다. 아빠가 저렇게 밖에도 안 나오고 있는 걸 보면, 조만간 깡통계좌가 되고 말 것 같았다. 아빠는 미수를 칠지도 모를 일이다. 잔고가 마이너스가 되기 전에 무슨 수를 써야 할 것 같았다. 아빠의 처지가 캄캄한 절벽에 선 것 같아, 모른 척 할 수가 없었다. 난 벌써 삼주 째, 24시 편의점 알바가 끝나고 집에 돌아온 다음에는, 해외경제뉴스까지 훑어보고, 또 뜰만한 주식을 뒤지는 것이 일과가 되었다. 그런데 오늘 유튜브 동영상을 보고 감이 잡히는 주식을 발견했다.

난 은행에 계약직으로 다닐 때, 월급을 받을 때마다 주식을 사 모으기 시작했다. **엔지니어링을 사만 원대에 한 달에 한 번씩 사 모았다. 그러다가 2011년 7월 어느 날 이십 오만원에 팔았다. 그 돈으로 ***인프라를, 배당을 염두에 두고 4천 6백원에 샀다. 벌써 돈이 많이 불어있었다.

난 엄마의 사랑을 못 받은 것이 외모 때문이라 생각했으므로, 처음엔 성형을 할 목적으로 모았다. 전체 견적이 4천 5백 정도 있어야했다. 그것을 목표로 짠순이처럼 모아 지금은 그 액수, 몇 배를 넘어섰다. 그러나 돈이 아까워 여태 못하고 있다. 어디 한 두 군데라야 시작을 하지, 성형을 하게 되면 난 완전 중환자가 될 것이다. 난 침대 베게 밑에 두었던 손거울을 꺼내 얼굴을 보았다. 서른이 넘어가니 눈꼬리가 점점 밑으로 처지는 것 같았다. 사랑니가 나고부터는 입은 점점 더 돌출되었다. 입술을 힘주어 다물어도 3초를 버티지 못하고 입이 벌어졌다. 아무리 돈이 아까워도 치열교정부터 해야 할 것 같았다. 이번에 아빠를 도와 드리고 아빠에게 성과금을 받아서 시작하리라 굳게 마음먹었다.

아빠가 은행에 다닐 때, 나에게 가끔씩 용돈을 찔러 주었지만, 이젠 그 신세가 완전 뒤바뀌었다. 아빠의 계좌가 깡통이 되면 난 평생 아빠께 용돈을 드려야 할지도 모른다. 지금 저대로 주저앉는다면, 아빠는 다시 일어나기 힘들 것이다. 난 고민에 빠졌다. 전혀 엄마를 닮지 않은 줄 알았는데, 이렇게 동정이 우러나오는 것을 보니, 나도 오지라퍼(오지랖 넓은 사람)인 엄마 딸이 맞는 것 같다.

내 돈을 그냥 다 준다 해도 아빠의 실력으론 주식을 만회하진 못할 것 같았다. 난 깊은 고민에 빠졌다. 내 피 같은 돈으로 일전을 벌여야 할 것이기 때문이었다. 주식 만회가 성공할지 못할지는 귀신도 알 수 없는 일이다. 난 아빠의 달팽이 껍질을 노크했다.

"아빠, 들어가도 돼요?"

아빠의 희미한 대답이 들렸다. 문을 열었다. 경제학 책이 쌓인 옆에 빈 소주병 두어 개가 컴퓨터 옆에 놓여 있다. 방청소는 언제 했는지 퀴퀴한 냄새가 코를 자극하고 담배 냄새도 난다. 숨이 막혔다. 난 얼른 창문을 열었다. 빈 병을 치우고 들어와서 깊게 심호흡한 뒤, 문을 닫았다. 그리고 아빠의 컴퓨터책상 옆에서 아빠의 주식에 시선을 보냈다. 종목이 낯 선 것을 보니 아빠는 매일 몇 푼 남은 돈으로 단타를 하고 있는 모양이었다. 하루에 돈 몇 만 원 쯤 남겨서 언제 잃어버린 돈을 복구할까?

"아빠, 그 주식 그냥 있어요? 혹시 그동안 미수 친 건 아니죠?"

아빠가 고개를 저었다.

"아빠, 요즘 무슨 노래가 유행하는지 아세요?"

아빠가 의아한 눈으로 나를 쳐다보았다.

"＊이의 ＊＊스타일이 유 튜브 조회 천만 건을 돌파한다잖아요. 전 세계 사람들이 다 부르게 될지도 몰라요."

아빠는 그게 나와 무슨 상관이 있냐는 눈으로 쳐다봤다. 아빠는 그동안 방에만 있어서 여담을 할 여유나 대화의 감도 떨어진 상태 같았다.

"＊이 아빠가 하는 회사가 디＊＊잖아요. 그 주식을 사세요. 아빠가 못하면 제게 맡기세요. 대신 해 드릴게요. 나중에 본전과 성과금은 꼭 주셔야 해요."

"갖고 계신 주식을 지금 던지세요. 아빠의 잃어버린 돈 만큼 제 돈으로 채워드릴게요. 대신 지금부터 아빠 맘대로 하기는 없기에요. 말하자면 작전에 들어갈 건데요, 우리의 작전은 남이 하는 작전에 업혀가는 거예요. 제가 발견을 했거든요, 말하자면 투기를 한 번 크게 하는 거예요. 아빠 생애에 다시는 하면 안 되구요, 딱 한 번만 해 보자구요."

아빠가 이제야 감이 잡히는 얼굴이다.

"아빠, 이런 작전에 들어간 주식을 사면 눈도 깜박이지 말고 지켜보셔야 해요. 거래량을 보고 사람 심리를 읽을 수 있어야 되거든요!"

난 알바를 그만두었다. 그리고 의자와 노트북을 아빠의 방으로 옮겼다. 아빠의 계좌로 내 돈을 넣었고, 이천 오백 원에 디＊＊를 샀다. 세 번의 빨간 막대신호를 보았을 때, 아빠는 방안을 서성이며 안절부절 못했다.

"팔자!"

한 번 뜨겁게 데어본 아빠는 그 말을 연신했다.

"좀 기다려 보세요, 아침부터 상 쳤잖아요."

이틀이 더 지나자 아빠는 기절 직전에 이르렀다. 거꾸로 내려가는 주식의 파란불을 바라보는 것도 피가 마르지만, 올라가는 주식도 곤두박질 칠까봐 애가 타기는 마찬가지였다. 그리고 이틀 뒤, 아침부터 거래량이 터지기 시작했다. 시작 3분 후, 빨간색 숫자가 급물살처럼 오늘의 최고가를 향해 올라갔다. 상한가를 치기 직전에 말했다.

"아빠, 한 주도 남기지 말고 빨리 던지세요!"

아빠는 여태 보지 못했던 빨간 신호를 일주일이나 보았다. 매도에 클릭을 하는 아빠의 손가락이 가늘게 떨리고 있었다.

마지막 낭만

'만약에'는 1%의 확률을 의미한다고 생각했다. 99%는 진행이 잘 될 수 있다는 말이기도 했다. 그런데 바로 그 1%가 나에게 생겼다. 그 예외는 나의 예상과는 전혀 다른 방향으로 흘러갔다. 그것은 일상의 탈출 같은 것일 수도 있지만 나쁜 기억으로 연결될 수도 있었다.

"만약, 만석이면 엄마는 스탠바이라는 거 알지?"

딸이 가방을 챙기며 말했다. 항공사 가족은 비행기가 만석일 때, 탑승할 수 없는 대기표를 말하는 것이다. 호텔에서 나오기 직전까지 컴퓨터로 좌석의 여부를 보고 있던 딸이 점점 만석에 가까워지자 이어서 말했다.

"그러면, 다시 이 호텔로 돌아 와서 이틀을 더 보내고 프랑스에서 서울로 오는 비행기를 타야 해."

딸은 조곤조곤 설명하지만 난 벌써 가슴이 두근거렸다. 모험심이라곤 1도 없기 때문이었다. 그래서 배낭여행은 꿈도 꾸지 않았다. 그런 나에게 닷새를 기다리다가 로마에서 비행기를 타던지, 하루라도 빨리 오려면 프랑스를 거쳐 한국으로 오라니 꿈같은 말이다. 난 타국의 언어로부터 자유롭지도 않았다. 또 방향 감각도 신통치 않은 겁 많은 나에게 이런 말은 공포였다. 그렇게도 여러 번 따라 다녔지만 내게 그 '만의 하나'는 일어나지 않았었다.

"그래도 같이 나갈 준비를 해 엄마, 누가 급한 일이 생겨 오지 않을 수도 있으니까. 만석이면 택시를 타고 다시 호텔로 돌아 가, 어쩔 수 없지 뭐, 택시비가 비싸도 타는 수밖에."

나는 느리게 손을 움직이며 짐을 가방에 쑤셔 넣었다. 즐거웠던 며칠간이 머릿속에서 싹 사라지고 무거운 기분이 되었다.

호텔버스를 타고 공항에 도착했다. 한 시간 전까지만 만석이 아니면 갈 수 있었다. 그러나 생각하기도 싫지만 그 '만약'이 끔찍하게 들어맞았다. 만석이었다. 난 호텔로 돌아가야 했다. 먼저 승무원 대기실로 들어 간 딸이 내게 전화로 돌아가야 한다고 말했다. 몇 분 뒤면 딸과의 통화도 할 수 없다. 난 공항 밖으로 나와 택시를 탔다.

"호텔 미더스."

낯익은 호텔이 눈앞에 보였다. 그러나 또 고민이 생겼다. 이틀을 더 지냈으면 좋겠다는 말을 어떻게 말해야 하나? 난 아까 딸이 적어준 종이를 찾았으나 어디다 떨어뜨렸는지 없었다. 필요한 말을 영어로 적어 준 종이였는데, 없어졌으니 어떻게 버벅 거리더라도 내가 해결해야할 문제였다. 꽤 오랜 기간 학교에서 영어를 배웠건만 별 도움이 되지 않았다. 우물우물 연습을 했다.

"do you have a room?"

아니지, 앞에 다른 말 뭐가 있었는데? 아이참! 멍청이가 따로 없네.

"I'd like to stay a few more days, do you have a room?"

'이렇게 하면 되나? 어쩌나?' 에휴~ 이럴 줄 알았으면 영어학원이라도 열심히 다닐 걸. 한국에서 한 시간만 비행기로 날아가면 우리말을 못 알아듣는 사람들이 지구에 더 많이 산다는 것을 한 번도 느껴보지 못했다. 내가 별로 말을 하지 않아도 필요한 말은 리모컨처럼 딸이 알아서 했으므로 어려움이 없었다. 로비에 앉아 있다가 일어섰다. 잠을 자려면 어떻게라도 말을 꾸며봐야 할 것이다. 버벅거리는 내 말을 알아듣기나 할는지. 그들의 말을 내가 알아들을 수 있을지 고민이었다. 나는 혹시 도움을 청할만한 사람이 없을까 해서 두리번거렸다. 출입구 쪽에서 동양인이 걸어들어 왔다. '한국 사람일까? 일본 사람일까?

"저 혹시 한국사람 아닌가요?"

그는 나를 빤히 보았다.

'쳐다보기는?' 나는 속으로만 생각했다.

"아, 예. 맞습니다. 근데 혹시 로마에 올 때 제 옆자리에 앉았던 분, 아니신가요?"

"예? 아니, 누구신가 했더니, 어머 반가워요."

'나도 참 웃긴다. 언제 봤다고 반갑다는 말이 술술 나오지?'

'내가 김영하의 두꺼운 장편소설 '빛의 제국'2006년 한 권을 거의 다 읽을 동안, 내내 잠만 자더니 언제 날 쳐다봤나 봐? 내 조상이 나라를 구했나? 구세주가 나타났네!'

비행기 속에서 잠만 자던 옆자리 남자를 언제 봤다고 무척이나 반가웠다.

난 이틀 뒤에 프랑스로 가서 한국으로 돌아가야 한다는 말을 했다. 그는 뜻밖의 말을 했다.

"저랑 스케줄이 같은 것 같습니다. 같이 움직이면 될 것 같네요."

나는 안도의 한숨을 쉬었다. 우리는 엘리베이터를 탔다. 육 층에서 내려 각자 자기의 방으로 갔다. 꿈을 꾸는 것 같았다. 방에 들어온 나는 다시 가방을 열었다. 여유가 생겨 침대에 벌렁 누워 휴대폰의 사진을 검색했다. 전화가 울렸다.

"헬로우"

"접니다, 내일 비엔나에 가지 않으시렵니까? 그곳에서 사람 만날 일이 좀 있어서요."

난 선택의 여지가 없었다. 저 사람을 놓치면 허둥댈 내 몰골이 눈에 선했다.

"예, 예 같이 갈게요."

"저녁엔 로마야경을 보러가는 것은 어떨까요? 한 바퀴 버스로 돌고 저녁식사를 하면 될 것 같네요."

"예, 알겠어요. 로비로 나갈게요."

한국에 갈 때 까지는 그냥, 그가 하자는 대로 따라가는 것이 좋을 것 같았다. 안 그래도 로마의 야경을 못 보아서 섭섭했었다. 우리는 마침 호텔에 들어온 택시를 탔다. 베네치아광장에서 내렸다. 낮과는 달리 쌀쌀한 바람이 뺨에 스쳤다. 4월의 로마는 해가 있으면 따갑게 덥고, 해가 지면 늦가을처럼 쌀쌀했다.

우리는 베네치아광장에서 시내를 한 바퀴 도는 2층 버스를 탔다. 콜로세움을 지나갈 땐 아치마다 불이 들어온 모습이 장엄하게 아름다웠다. 낮과는 또 다른 모습의 콜로세움을 볼 수 있었다. 정해진 코스를 한 바퀴 돈 뒤에 우리는 저녁식사를 하기로 했다. 맛이 최고라는 중국요리점을 걸어서 찾아갔다. 한낮의 이

방인들로 북적이던 로마거리는 조용했고, 불이 일찍 꺼진 거리는 어둑어둑했다. 요리점 분위기는 우리나라 중국집이랑 비슷했다. 깨알보다 작은 글씨의 메뉴판을 보았으나 어떤 음식인지 짐작이 안 갔다. 야채와 해물이 있는 사진을 보고 손가락으로 '이거요' 하고 말했지만, 조금 뒤 나온 음식은 해물과 야채가 기름범벅이었다. 나는 속이 울렁거리고 넘어가지 않아서 포크를 내려놓았다.

"요리가 입에 맞지 않은가 봐요? 와인 한 잔 할까요?"

나는 고개를 끄덕이는 걸로 대답을 했다. 그가 내일의 스케줄에 대해 미리 이야기했다. 그는 자기는 제약회사에 다니며 마침 비엔나에 휴가를 나온 독일의 B제약회사에 다닌다는 옛날 친구와 미팅이 잡혔다는 말을 했다. 그 친구와 자기는 복제약에 같은 관심을 갖고 있고, 그 일로 만난다는 말을 했다.

"비엔나에서 관람할 수 있는 유명한 빈 필하모닉 오케스트라 연주는 미리 예매를 하지 않아서 어렵고요, 궁전같이 생긴 옛날 건물에서 〈작은 음악회〉가 열리는데, 그 음악회도 미리 예매를 해야 해요. 오후 7시에 시작하니까 그전에 프라터 놀이공원에 갑시다. 합스부르크 왕가의 사냥터였는데 공원이 되었죠. 에단 호크가 주연을 한 영화 〈비포 선 라이즈〉의 촬영지인데, 그 흔적을 찾아서 따라가기도 재미있을 것 같습니다, 그 공원 안에 놀이터와, 작은 게임장도 있습니다."

"놀이터? 와우! 너무 재미있을 것 같아요."

"작은 음악회 티켓은 제 카드로 예매할게요."

 나는 너무 공짜로 따라다니는 것 같아 부담스러운 생각이 들어서 미리 얘기했다. 더구나 빈 필하모닉 관람은 여행을 계획할 때 한 번도 생각지 않은 일이었다. 작은 음악회도 감지덕지였으며, 놀이공원에 데려가겠다는 말에 괜히 즐거웠다. 나는 금방 어린애처럼 즐거운 기분이 되었다. 어쩌다 가끔 뜬금없이 머릿속에서 누군지는 모르지만, 가슴 설레며 둘이 걸어가는 뒷모습만 언 듯 언 듯 떠오르던 영상이 실제로 일어날 것만 같았다. 참 이상한 일이었다. 어떤 일을 수년을 바라거나 상상을 하면, 몇 년 뒤에 이루어지는 일이 있었는데, 이 일도 예전에 꿈꾸던 머릿속 영상이 실제로 일어날 것만 같았다.

 우리는 늦은 아침 비행기에서 내려 리무진을 타고 도나우 강이 한눈에 내려다보이는 호텔에 짐을 부렸다. 낯선 곳에서의 하루가 시작되었다. 무언가 기대 되어 가슴이 설레었다. 예약한 룸으로 들어섰다. 하얀 시폰의 하늘거리는 커튼을 젖히고 창문을 열자 강바람이 시원하게 들어왔다. 수만 조각으로 부서져 내린 아침햇살이 도나우강물에 반사되어 눈이 부셨다. 속이 후련해질 정도로 넓은 강 저 멀리에 모래 운반선이 그림처럼 지나갔다. 노크 소리가 들렸다. 그와 잠시 창밖을 바라보았다. 창가에서 그는

'아름답고 푸른 도나우 강'을 휘파람을 불었다. 아침의 신선한 공기와 그의 휘파람 소리는 청량감을 주었다. 눈가에 약간의 잔주름이 오히려 잘 어울리는 그를 물끄러미 바라보니 피톤치드가 높은 휴양림 속에 온 듯 상쾌해졌다. 쳐다보기만 해도 그저 기분 좋았다. 우리는 강물이 바로 앞에 보이는 일 층 레스토랑에서 구운 토스트와 찐 계란과 과일주스로 아침식사를 했다.

시내로 나왔다. 로마 보다 한적하고 하늘은 구름 한 점 없이 푸르고 맑았다. 파란 하늘과 연록색의 풀잎이 한국과 많이 닮아 정감이 갔다. 그는 I 호텔에서 친구를 만날 거라고 했다. 복제약에 관심이 많은 그와 같은 관심을 가진, 독일에서 비엔나로 휴가차 나온 친구라고 했다. 미팅 자리에 같이 있어도 괜찮다는 그에게 실례인 것 같아, 호텔 건너편에 있는 공원을 산책하기로 했다. 금빛의 요한 슈트라우스 동상 앞에서 사진도 찍고 산책로를 한 바퀴를 돌았지만 사십분도 걸리지 않았다. 아이스크림을 하나 사서, 벤치에 앉아 혓바닥으로 핥았다. 요거트 맛 아이스크림의 새큼하고 감미로운 맛이 입안에 번졌다. 천천히 먹다보니 알맹이가 쏙 빠져 바닥에 떨어졌다. 금방 바닥에 붙어버린다. '참, 적응도 빠르네!' 나는 껍데기만 쓰레기통에 넣고 일어섰다. 이곳 사람들은 모자는 쓰지 않았어도 대부분 선 그라스를 착용하고 있었다. 나도 핸드백에서 선글라스를 꺼내 쓰고 콤팩트의 거울을 보았다. 그것도 지루해서 음악소리가 나는 쪽으로 걸음을 옮겼다. 사람들이 빙 둘러 서 있다. 한 명의 청년이 기타연주를 하고 두 명도 드럼과 아코디언을 연주했다. 화음이 잘 맞아 듣기에 좋았다. 노래를 좋아하는 내가 혼을 다 팔고 구경을 하는데 누가 어깨에 손을 얹었다. 언제 왔는지 그가 서 있었다. 핑크빛 셔츠와 연갈색바지가 잘 어울렸다.

"어떻게 여기 있는 줄 아셨어요?"

"좀 전부터 뒤에서 따라 왔어요, 제가 그대를 위해 한 곡 연주해 볼까요?"

"정말요?"

그는 재킷을 잠시 나에게 맡겼다. 그가 연주자 가까이 가서 뭐라고 이야기 하더니 기타를 받아 들었다. 사람들이 박수를 쳤다. 그는 'Help Me Make It Through The Night'을 기타반주와 함께 노래를 했다. 저음을 낼 때 그의 목소리는 짐 리브스의 목소리처럼 아주 감미로웠다. 나는 감동했다. 둘러섰던 사람들이 휘파람을 불어댔고 박수를 쳤다. 그는 기타를 돌려주고 우리는 돌아서서 공원을 걸었다.

"모자를 가져왔어야 했는데, 관람료를 못 받았네요."

"과찬이십니다."

우리는 마차를 타는 곳까지 와서 마차를 탔다. '따그닥 따그닥' 경쾌한 말발굽소리가 악기소리 같아 듣기 좋았다. 다음은 링으로 도는 전차를 타고 한적한 종착역까지 갔다가 앉은 그대로 다시 시내로 돌아 나왔다.

"아내가 예쁜가요?"

생각지도 않은 말이 툭 튀어 나왔다. 내가 왜 이럴까? 남의 아내가 예쁘든 말든 뭔 관심이란 말인가? 그는 빙그레 미소를 띠었다.

"참, 그 분은 따님이신가요?"

그는 엉뚱한 대답을 했다. 로마행 비행기에서 다른 사람에게 보다 친절했던 딸을 곁눈질로 본 모양이었다. 나는 고개만 까딱하는 걸로 대답을 대신했다. 대답을 피하는 걸 보니 엄처시하에 살고 있는 것 같아 더 이상 묻지 않았다.

그는 묘한 매력이 있는 사내였다. 트레비 분수에는, 동전을 한 개 던지면 로마에 다시 오고, 두 개를 던지면 사랑하는 사람이 생긴다는 속설이 있었다. 관광객들 모두 하나만 던지지 않고 두 개씩을 던지고 있었다. 분수 바닥에는 은화처럼 반짝이는 동전이 수두룩했다. 나도 두 개를 던졌다. 그때 내가 하나 더 던진 동전이, 혹시 마술을 부리는 것은 아닐까? 아님 내가 미쳤나? 어째서 처음 본 사내에게 마음이 활짝 열려버린 것일까. 옛날부터 익숙했던 사이처럼 친근하게 느껴졌고, 낯설지 않은 그에게, 나는 자꾸 헤픈 미소를 짓고 있었다. 키가 훌쩍 큰 그를 쳐다보니 갑자기 아버지가 생각났다. 난 아버지의 담배 심부름을 도맡아 했고, 아버지가 담배를 피울 땐 옆에 엎드려 담배곽의 뜯겨진 부분에 코를 대고 필터의 냄새를 맡곤 했다. 살아오면서 어린 시절 오랫동안 맡아 온 그 냄새가 아버지와 함께 그리워질 때도 있었다. 아버지에겐 늘 청자담배 필터 냄새 같은, 아직 태우지 않은 담배향기 같은 게 났었는데, 이 남자도 담배 피는 모습은 본 일이 없었지만, 담배향기 같은 게 났다. 분명 섬유린스 냄새는 아니었다. 나에게 익숙했던 냄새, 그래서일까? 아버지와 그가 오버랩되어 급속도로 내 마음이 그에게 몰입되었다.

프라터 놀이 공원에 입장했다. 입장료는 없었지만 놀이기구마다 돈을 따로 받았다. 오늘은 혼잡하지 않아서 지루하게 기다리지 않고 놀이기구를 탈 수 있었다. 비포선라이즈에서 주인공들이 탔다는 대관람차를 탔다. 위에서 내려다보는 경관은 무척 좋았다. 그러나 나는 고소공포증이 생겨 더 이상 높이 올라가는 다른 것을 타고 싶은 마음이 사라졌다. 우리는 맥도날드에서 가볍게 식사를 하고 게임장으로 갔다. 나는 게임장이 처음이었고 별 흥미가 없었다. 모바일게임은 밤을 밝히면서 해봤지만, 여기는 계속 돈을 집어넣어야 하는 이런 머신은 좀 부담스러웠다.

"이런 게임 많이 해봤나 봐요?"

그는 눈치가 빠른지 하던 게임을 멈추었다. 재미있다고 혼자 계속하지는 않았다. 우리는 그곳을 나왔다.

카페에서 식사를 하고 테이크아웃 커피를 하나씩 들고 놀이공원을 벗어났다. 작은 음악회에 가기로 했었기 때문에 우리는 대

중교통을 이용할 수 있는 곳으로 나왔다. 프라터 공원으로 들어
오기 전 음악회 관람료 18만원은 내가 카드결제를 했었다. 〈작
은 음악회〉를 하는 곳은 옛날 궁전 같이 생긴 건물이었는데, 입
구에 기둥들이 모두 사람들의 조각으로 집 현관까지 이어져 있
었다. 아직 시간이 일러 30분 이상을 더 기다려야 했다. 낮에 갔
던 공원도 그렇고, 유럽 어디를 가든 다 돈 받는 화장실만 만났
는데, 이곳 화장실은 동전을 받지 않았다. 시작을 알렸다. '요한
스트라우스'의 〈봄의 왈츠〉를 오디오가 아닌, 오케스트라 연주
로 들으니 정말 감동이었다. 발레리나 남녀 두 명이 음악에 맞추
어 왈츠를 추었다. 이마가 반듯한 미남과, 이슬만 먹고 살 것 같
은 미녀 발레리나가 환상의 콤비를 이루었다. 음악이 끝나자 나
는 난생 처음, 기립박수를 손이 아프도록 쳤다. 감동이었다. 이
래서 사람들이 거금을 주고 음악회에 가는구나! 쉬는 시간에는
샴페인을 한 잔씩 주었다. 관객 모두 널따란 홀에서 한 가족같
이 이 아름다운 봄의 왈츠를 위하여 축배를 들었다. 영화의 한
장면을 보는 것 같았다.

　우리는 시내 마트에서 포도주 한 병과 치즈, 그리고 에비앙 물
도 몇 병 샀다. 냉장고에 있던 에비앙 물을 내가 다 마셨던 것이
다. 그의 말에 의하면 체크아웃 할 때 물 값까지 계산해야 한다
며 그 작은 병의 물 값이 7천 얼마라고 했다. 약간 다른 글씨가
쓰였지만 모양이 같아 채워 넣으면 모를 거라고 말했다. 우리는

택시를 타고 호텔로 돌아왔다.

샤워를 마친 뒤 가운만 걸친 채 창문을 열었다. 강물위에 불빛이 반짝였다. 바람 끝이 시원했다. 오늘 하루가 꿈만 같았다.

노크 소리가 났다. 그였다. 그가 와인을 두 잔 따라서 창밖의 강물을 바라보는 나에게 한 잔 건네주었다. 잔의 날씬한 다리를 쥐고 한 번 가볍게 부딪힌 다음, 강 저 멀리에 눈을 둔 채 와인을 조금씩 마셨다. 옆에 서 있기만 해도 꽉 찬 느낌, 풍선처럼 피부가 부풀어 오르는 것 같았다. 금방 양치질했는데 입이 마르는 것 같아 와인을 한 모금 꿀꺽 삼켰다. 가슴이 두근거렸다. 언제 남자에게 가슴 두근거려 본적 있었던가? 성적 유혹. 낯설지만 황홀한 느낌이 내 안에도 존재했다. 그를 올려다보았다. 나는 그의 잔을 슬며시 나의 잔과 함께 탁자에 내려놓았다. 내 속에 이런 용기도 있었다니 스스로 놀랄 지경이었다. 우리는 같은 순간 포옹했다. 누가 먼저랄 것도 없이 급하게 침대로 쓰러졌다. 쏟아지는 소나기와 그 비를 맞는 사람만이 들판에 존재했다. 정서가 맞는 사람과 같은 순간 같은 감정이 맞아떨어진 쾌감, 날개가 돋아날 것 같았다. 이때까지 씨앗만 존재하던 불씨가 타오를 준비가 된 것처럼, 내 속에 뜨겁게 불이 붙고 있었다. 그는 나에게 바람이었다. 일년생 나뭇가지를 흔드는 바람, 그것에 반응하는 바람의 현, 나는 그 현이 되기를 스스로 원했다. 이제야 존재의 기쁨을 알겠다. 이제껏 아이들이 내 존재의 기쁨인 줄 알았지만,

내 삶에도 이런 환희가 기다리고 있었다니! 시간을 길게 주욱 늘인 것 같은 내 싱거운 일상이, 앞으로는 좀 더 조밀하고 촘촘한 시간 속에 살아 갈 것 같은 아름다운 예감이 들었다.

다음 날 오후 우린 공항으로 갔다. 프랑스로 가는 비행기에 올랐다. 샤를 드골공항에 내려서 한국행 비행기가 출발하기까지 약간의 시간이 있었으므로 그 남는 시간에, 그는 면세점에서 이것저것 사고 있었다. 한국행 비행기에 올랐다. 그의 자리는 뒤에 있어서 내가 일어서야 겨우 보였다. 난 비상구 바로 다음 좌석 복도 쪽에 앉았다. 들어오는 사람들에게 멀뚱히 시선을 보냈다.

그는 자기 좌석으로 가기 전 나에게 물었다.

"도착해서 작은 짐 하나만 들어주시면 안 될까요?"

난 대답대신 고개를 끄덕거렸다. 당연한 거 아닌가? 고맙게 해준 답을 해야지.

"내릴 때 잊지 말고 부탁해요."

그는 오른 손을 포켓에 찔러 넣은 채 자기 자리로 돌아갔다. 그가 여러 번 습관처럼 주머니에 손을 쑤셔 넣고 걸었는데 지금 보니 좁은 통로에서 불편해 보였다. 그런데 다시 봐도 낯익은 얼굴인데, 어디서 만났더라? 난 기억의 회로를 먼 지난날부터 되감아 떠올렸다. 모르겠다. 나는 다른 생각을 하며 그 느낌을 털어버렸다.

나 같으면 물건을 안사고 말았을 텐데. 물욕만큼은 세련되지 못한 것 같았다. 뭔지는 모르지만 부담스러웠다. 딸이 남의 짐은 절대로 들어 주지 말라는 당부도 했었는데…. 나는 펼쳐놓은 숙제를 다시 시작한 것처럼 그를 어디서 본 사람인지 기억해 내려 했다. 그러나 아무것도 떠오르지 않았다. 비행기가 이륙했다.

꿈을 꾸었다.

아파트 출입구에 들어서니, 엘리베이터 문이 막 닫히려고 했다. 엘리베이터 안에는 이미 어떤 남자 둘이 타고 있다. 닫히려던 문이 다시 열린다. 나와 어떤 여자가 뛰어가서 탔다. 여자는 13층을 누르고, 난 28층을 눌렀다. 두 남자는 시커먼 옷에, 손에 통 같은 걸 들고 있다. 통에서는 누런 물이 자꾸 넘쳤다. 그러나 두 남자는 마주보고 이야기만 했다. 바닥에 쏟아진 모양으론 영락없는 오물이었다. 난 좀 더 구석으로 붙어 섰다.

여자가 13층에서 내렸다. 난 점점 무섬증이 들었다. 기분 나쁘다고 내리기에는 이미 늦었다. 28층 이전에는 불이 들어 온 숫자가 없다. 28층에서 내릴 남자들인가? 왜 자기들이 내릴 층수를 누르지도 않고 서 있을까? 나를 따라 내리면 어쩌지? 난 다급하게 뛰어와 엘리베이터에 탄 것을 후회했다. 몇 분 늦게 집에 가면 뭐 어때서? 속으로 조급하게 군 나를 질책했다. 이들을 피해 다른 층에서 내린다고 해도 문 닫힌 남의 집과 비상계단 밖에 없지 않은가.

난 이들이 강도가 아닐까 하는 생각이 들었다. 나를 따라 집안으로 들어온다면? 이 닫힌 공간에서 내가 할 수 있는 일이란 게 뭐가 있을까? 강도라고 해도 때려눕힐 수 있는 힘이 있는 것도 아니고. 곁눈질로 얼굴을 쳐다보았다. 어디서 꼭 본 사람 같다.

그렇지, 오른 손을 포켓에 찔러 넣은 포즈. 옛날에 나를 스토커처럼 따라 다니던 녀석도 오른 손을 포켓에 찔러 넣고 다녔었지. 그 녀석은 끈질기게 우리 집 근처를 배회했었다. 어느 날 골목에서 기다리다가 불쑥 나타나 나의 손목을 덥석 잡아 당겼다.

"한 번만, 한 번만 만나 줄래?"

난 기겁을 하며 손을 뿌리치고 집 쪽을 향해 마구 뛰었다. 그 녀석은 예고 없이 불쑥불쑥 나타나는 바람에 난 점점 공포심이 커졌다.

그 며칠 뒤 친구 집에서 놀다가 집에 가려고 나오는데, 계단 밑에 또 그 녀석이 서 있어서 깜짝 놀라 도망치듯 다시 친구 집으로 들어갔다. 갔나 싶어 창문으로 내다보면 아직도 그 자리에 앉아 있었다. 난 그날 집에도 못 갔다. 새벽에 집에 가려고 나왔다가 녀석이 아직도 가지 않고 계단에 쭈그리고 앉아있는 모습에 경악했다.

"내가 간 줄 알았겠지?"

빙긋 웃는 그 얼굴이 소름 끼치게 싫었다. 손을 주머니에 찔러 넓은 시건방져 보이는 녀석이 동네를 빙빙 도는 모습에 난 부끄럽고 질려서 나타나기만 해도 가슴이 철렁 내려앉았다.

 그런데 저 남자의 모습이, 이제 보니 그 녀석과 꼭 닮았다. 까까머리가 좀 길 뿐이지. 아, 아니, 그 녀석이 맞는 것 같아. 그 스토커 녀석은 누가 제 손 쪽으로 눈길만 돌려도 잽싸게 주머니에 손을 쑤셔 넣었다. 나중에 친구에게 들어서 알게 되었지만, 남보다 엄지손가락이 하나 더 있는 것은 물론, 가족들 반은 혹이 하나씩 있다고 했다. 유전인 것 같다고 했다. 그 남학생은 그것을 숨기기 위해 오른손을 습관처럼 주머니에 찔러 넣고 다닌다고 들었다.

 어디를 가든 불쑥불쑥 나타나는 그 녀석에게 나는 질리고 말았다. 안 만나주면 죽어버리겠다고, 내 친구를 통해 편지를 보냈던 녀석. '하루 남았어, 그때까지 만나주지 않으면 죽어버릴 거야,' 하지만 나는 그 친구를 통해 녀석에게 전해 주라며 이렇게 말했다.

"제 주제파악을 하라고 해, 그리고 죽는 걸 왜 내게 말해? 황진이처럼 겉옷이라도 덮어달라고?"

 그 이후론, 내 뒤를 따라다니지 않았다. 그러나 그것은 단념한 것이 아니라, 입영통지가 나오지 않았는데도 자기 스스로 군에 입대를 했다고 들었다. 그러나 속이 후련한 것은 잠시였다. 입대를 한 후, 하루도 빠짐없이 그 스토커 같은 놈에게서 편지가 왔다. 집배원아저씨한테도 부끄러웠고 식구들한테도 창피했다. 우리 집이 이사를 가기 전까지 헤아려 보지는 않았지만 수백 통은 되었을 것 같았다. 이사를 하고는 편지도 끊어졌지만, 나는 그 이후에는 편지라는 소리만 들어도 가슴이 쿵! 내려앉았다.

그런데 왜? 녀석이 저런 오물통을 들고 나타났지? 난 두 남자의 통에 똥이 들었을 것 같아 점점 더 벽면으로 붙어 섰다. 아, 어쩌지? 나를 알아보면? 28층이다. 난 2분도 안 되는 그 시간에 천당과 지옥을 오간 것 같이 시간이 길었다. 갑자기 엘리베이터 안의 불이 탁 꺼지며 몇 층간을 추락했다. 으악! 난 손으로 무언가 꽉 잡았다.

눈을 뜨니 비행기 좌석의 팔걸이였다. 갑자기 난기류를 만나 수십 미터 이상 추락한 모양이었다. 휴~! 꿈이었다. 간식을 나눠주던 승무원들이 비행기 천정에 머리를 부딪힐까봐 통로에 앉은 자세를 취하고 있었다.

다행히 나를 쳐다보는 사람은 없었다. 몇 십 년이 지났는데도 그 녀석의 꿈만 꾸면 기분이 찝찝했다. 내 심장이 콩알만 해져 깜짝깜짝 놀라는 버릇도 그때에 생긴 것들이었다. 내가 남자에게 사랑의 감정을 가져보지 못한 것도, 모두 그 녀석의 영향이 컸다. 모든 남자들이 나를 줄줄 따라 다니며 괴롭힐 것 같은 망상으로 난 가슴이 쫄아 든 채로 살았다. 인간이 느낄 수 있는 감정 중에, 이성간의 사랑이라는 숭고하고 고귀한 감정을 문도 열어보지 못한 채 살았던 것이다. 순전히 그 녀석 때문이었다.

어쩌다 뜬금없이 그 녀석이 떠오를 때가 있었다. '내가 너무 했나?' 싶기도 하지만, 지금도 절대로 길에서나 어디서나 스치고 싶지도 않은 것도 사실이었다. 비슷한 스타일만 보아도 가슴이 뜨끔해서 고개를 숙이고 빠르게 비켜가는 버릇이 있었다. 최근에는 사라진 줄 알았는데 꿈을 꾸고 나니 그때의 감정이 다시 살아났다.

난기류를 만난 비행기는 아래위로 등락을 거듭했다. 삼각 김밥을 나누어 주던 승무원들이 다시 앉은 자세를 취했다. 이런 난기류는 처음이라고 말했다.

이 와중에 잠에 빠진 사람이 태반이었다. 그 중에 한두 명 운동 삼아 복도를 걷고 있다가 기겁을 하고 쭈그리고 앉았다가 제 자리로 돌아갔다. 난기류가 잠잠해지자 나도 일어나서 비상구 앞, 좀 넓은 공간에서 다리도 뻗고 팔도 휘휘 돌리고 기지개를 한 번 켰다. 비상구 쪽으로 한 사내가 걸어왔다. 나에게 지극한 친절을 베풀었던 그 사내였다. 그의 얼굴을 정면으로 보았다. 꿈을 꾸고 난 뒤여서일까? 가슴을 콕, 찌르고 지나가는 낯익은 느낌! 오랜 세월이 흘렀지만 잊지 못하고 그대로 살아난 얼굴. 의식적으로 그의 손을 쳐다보았다. 육손이는 아니었다. 그러나 희미한 흔적 같은 것이 있었다. 난 속으로 깜짝 놀랐다. 이틀을 따라 다니고

도 발견하지 못했는데, 꿈이 옛날의 기억을 되살렸나? 혹시 이
사람 진짜 그 까까머리가 아닐까? 유창한 영어에 친절한 매너,
멋진 악기 연주와 노래는 홀딱 반할만큼 내 이상형이었다. 그가
아니었으면 내가 어떻게 이 비행기에 올랐을까? 다음 비행기가
다시 로마에 올 때까지 닷새 동안 호텔콕! 하다가 집으로 돌아
왔을 터였다.

시간이 지나며 점점 호감으로 다가왔던 그였다. 평생 처음 핑크
빛 설렘으로 나 자신을 찾은 느낌이었는데, 꿈을 꾸고 나서인지,
환상이 확 깨는 기분이었다. 동일인물에게 끔찍함과 설렘을 함
께 느낄 수 있을까? 설마? 그 자는 아니겠지? 수십 년이 지나서
긴가민가하지만 나의 의심은 꼬리를 이었다. 외할머니, 어머니,
손자, 삼대 가족들의, 혹을 달고 나오는 유전병을 고민하다가 제
약회사에 들어갔나? '이틀 동안 왜 한 번도 의심하지 않았지?
참 나, 호감이라니? 노래는 너무 멋져 보였고 능숙한 영어에 존
경스럽기까지 했었잖아!' 난 간다는 표시로 고개만 까딱하고 자
리로 돌아왔다. 좀 전에 먹은 삼각 김밥이 목에 올라와 막히는
체증을 느꼈다. 그는 나의 뒤통수에 대고 다시 확인했다.

"이제 몇 시간 안 가면 도착하겠네요. 도착하기 전에 자리로 갖
다 드릴게요."

난 그저 고개만 살짝 끄덕였다. 갑자기 귀찮아졌고, 거절 못하
는 내가 바보 같다는 생각이 들었다. 딸이 신신당부하던 말도 떠

올랐다. '남의 물건 절대 들어다 주면 안 돼요!' 나는 혼이 나간 것처럼 멍하니 화면을 쳐다보았다. 화면에는 비행기의 고도와 속도 그리고 위치가 그림으로 나타났다. 두세 시간이면 도착할 것이다. 생각할수록 점점 더 혼란스러웠다. 도착해서 환한 곳에 나가면 그가 나를 알아볼 것 같았고, 또 다시 스토커가 되어 따라다닐 것만 같았다. 등에 풀이 붙은 것 같았던 불쾌한 기억이 어제 일처럼 되살아났다. 하지만 세월이 얼마나 흘러 소년을 벗어난 지가 언제인데 또 그렇게 밤을 새며 쫓아다니기야 할까.

착륙 두 시간 전, 친절한 사내는 포장된 두꺼운 종이가방 하나를 들고 내 옆으로 왔다. 그는 나에게 가방을 내밀었다. 뭐가 들었는지 받자마자 팔이 아래로 툭, 떨어졌다. 난 또 의식적으로 그의 오른 손을 보았다. 확실히 없다. 그런데 손의 색깔보다 좀 더 희끗한 흔적, 이 흔적은 무엇을 말할까. 혹시 수술로 떼어낸 것은 아닐까? 그렇다면 틀림없는 그 까까머리 녀석인데….
'어머, 그 손가락 언제 떼어냈어요?'
생판 상관없는 다른 사람이면 이런 미친 실례가 어디 있을까. 세상에 닮은 사람이 한 둘이냐고. 친했던 적도 없던 사이니 궁금해도 참는 수밖에. 남자도 뭔가 의심이 들기 시작한 눈치 같기도 했다. 혹시 이렇게 무언의 암시를 나에게 보냈는데 내가 몰라 본 것인지도 몰랐다. 짐은 빌미일 뿐이고.

"좀 무겁네요?"

"예, 술이라서 그런가 봐요. 선물할 사람이 있어서 네 병을 샀더니, 다른 사람 귀찮게 하네요."

그는 내 맘을 다 안다는 듯 말했다. 이젠 이것이 내 책임이 되었다. 공연한 대답으로 짐 하나를 덜렁 맡고 보니, 부담스러웠다.

'무슨 술이 이렇게 무거워, 금덩이라도 들었나?'

금속 중에 중석이 제일 무겁고 그 다음 금이 무겁다는 말을, 대한중석 다녔던 형부에게 들은 것 같다. 혹시 금 아니야? 아니면 시계인가? 헉! 혹시 마약? 난 속으로만 생각하며, 좀 더 신중하게 생각해 보고 승낙할 걸 하고 후회했다. 그러나 그땐 그 대답을 할 수밖에 없는 분위기였다. 나에게 온갖 친절을 베풀었고 의상도 세련돼 보였고, 특히 노래도 잘 하고, 기타도 잘 치고, 유창한 영어에 존경심까지 생겨 멋져 보이기까지 했었다. 그래, 오픔, 갚음이 있어야 사람이지, 오는 게 있으면 가는 게 있는 거지. 스스로 위로했다.

난 가방을 의자 밑에서 꺼내들고 찬찬히 보았다. '살짝 뜯어볼까?' 하지만 아무래도 뜯으면 표가 날 것 같았다. 난 흔들어 보았다. 혹시 시계라면 무슨 소리가 나지 않을까? 난 다시 의자 밑에 밀어 넣었다. 그리고는 짜증이 나서 옆으로 굴러 나온 뒷좌석 남자의 구두 한 짝을 뒷발로 걷어찼다. 구두 임자는 자느라고 정신이 없었다.

내가 남의 표적이 될 만큼 어리숙하게 보였을지도 모른다. 친구와 같이 길을 갈 때도, 구걸하는 사람은 꼭 내 앞으로만 다가왔다. 그리고 '천원만 좀' 할 때도, 손은 내 쪽으로 내밀었다. 난 그런 사람들의 표적을 벗어나 본 적이 없는 것 같았다. 이번에 집으로 돌아가면, 사나워 보이는 얼굴 표정으로 바꾸는 연습을 좀 해야겠다.

가방 안에 만일 색다른 물건이 들어 있다면, 얼마나 끔찍한 일이 벌어질 것인가. 오늘 집에 못 갈 수도 있다. 어디 사는 누구인지도 모르는 사내의 가방이라고 해 봐야, 씨알도 안 먹힐 것이다. 에이, 이제야 상황 판단이 되다니! 친절에 대한 값을 톡톡히 치르게 생겼다.

드디어 지루한 비행이 끝났다. 난 다른 사람보다 먼저 나가려고 서둘렀다. 여권이 든 가방을 챙겼다. 그 남자의 가방을 바라보았다. 또 갈등이 생겼다. 이것을 안 가지고 나가면 고마움에 대한 배신일까. 가방을 들어 보았다. 술이라고 하기엔 역시 무거웠다. 난 이제야 그 사내의 좌석이 있는 쪽으로 고개를 돌렸다. 왜 진작 이 생각을 못했지? 딸이 남의 물건은 들어다주지 말랬다고 돌려주면 되는 것을! 그런데 사람들이 가방을 내리느라 서 있어서 사내는 어디쯤에 서있는지 보이지도 않았다. 사람들 사이를 비집고 그 사내를 찾아가 돌려주기에는 늦은 것 같았다. 난 빠르게 단념하고 술병을 들었다.

종종 걸음으로 빠져 나왔다. 내 가방이 나오고 있었다. 난 이제 집으로 돌아갈 수 있다. 가방을 꺼내고 있을 때, 키가 작은 아가씨가 옆에 다가왔다.

"잠시, 이쪽으로 이동 좀 해 주시겠습니까?"

"예? 왜요?"

드디어 그 사내의 술병에 내가 엮이는구나 싶은 생각이 번개같이 스쳤다. TV에도 몇 번이나 나오지 않던가. 포장을 뜯자마자 투명 비닐에 싸인 채 쏟아져 나오는 시계와 보석들! 나도 꼼짝없이 그 꼴이 될 것 같았다.

아가씨는 내 가방을 탁자 위에 올려놓았다. 그러나 웬일인지 술병이 든 가방엔 관심이 없고 막대로 내 가방을 가리켰다.

"잠시 가방 좀 열어 보시겠습니까?" 한다. 내가 머쓱해서 가만히 서 있자, 자기 손으로 지퍼를 열고 뒤졌다.

'뭐, 보석이라도 든 줄 아나?'

아가씨는 가짜 보석이 주렁주렁 박힌 벨트를 들고 들여다보았다. 가짜 보석에도 신호를 보내다니!

"아, 그건 이미테이션인데요."

내가 말하자 그녀는 별로 미안한 기색도 없이 막대로 출입구를 가리킨다.

"가셔도 됩니다."

나갈 때도 벨트가 있었건만 잡지도 않더니, 들어올 때 왜 잡는 거지? 그러나 나는 말없이 가방을 닫았다.

의외였다. 이럴 줄 알았더라면 그렇게 갈등할 필요가 없었지 않았는가! 쓸데없는 일로 마음을 졸인 게 억울했지만, 한편으론 숙제 한 과목 끝낸 것 같아, 속이 후련했다.

내가 가방을 수색 당하고 있는 동안 사람들은 다 빠져 나갔다. 화장실에 들렀다. 거울을 보고 머리도 빗고 옷매무새도 고쳤다. 그리고 가방을 끌고 나오며 딸에게 전화했다.

"엄마 곧 도착해. 마중은 안 나와도 돼"

쓸데없는 고민이 해결되자, 좀 느긋한 마음이 들어, 커피숍에 들러 커피도 하나 사 들고 밖으로 나왔다. 집에 가서 마셔도 되지만, 입도 텁텁하고, 나는 남이 타주는 커피가 훨씬 맛있었다. 사내는 여기쯤 어디 의자에 앉아 있다가 나를 알아보고 다가올 것이다. 두리번거렸지만 사내가 보이지 않았다. 멀거니 서서 사내를 기다리다 버스를 놓칠 것 같아, 일단 공항버스 타는 곳까지 천천히 걸었다. 내심 사내가 나를 발견하면 술병을 얼른 찾아가라는 뜻이었다. 몇 분이 지나도 사내는 나타나지 않았다. 집으로 가는 공항버스가 막 짐 싣는 공간의 문을 닫으려고 했다.

'아니, 그 남자는 도대체 어디로 사라진 거야? 에이.'

난 하염없이 기다릴 수는 없어, 가방을 기사 아저씨에게 넘기고 찝찝한 기분으로 버스에 올랐다. 난 깜짝 놀랐다. 그 남자가 버스 맨 뒷좌석에 앉아서 손을 들어 보였기 때문이다.

'아니, 뭐 저런 놈이 다 있어? 술을 나보고 어쩌라고'

그의 이미지는 극과 극을 오갔다.

내가 멍해서 쳐다보고 있자, 그가 선글라스를 벗었다.

'나야!'

심장이 그 옛날 스토커학생을 만났을 때처럼 뜨끔했다. 술을 맡긴 사람으로서가 아니라, 지나간 시간 속의 소년임을 알리는 동작처럼 보였다. 나를 알아보았나? 설마 눈썰미가 그렇게 있으려고?

사내는 술을 받으러 나오지도 않았다. 난 좀 불쾌해져서 몇 발짝 걸어 가, 말없이 술이 든 쇼핑 가방을 쑥 내밀었다. 그가 뭐라고 말하는 것 같았지만, 난 빠른 걸음으로 내 자리로 돌아와 앉았다.

내가 내릴 정류장이 다가오는데, 사내는 내릴 기미가 없었다.

'혹시 따라 오는 거 아니야?'

'저게 왜 남의 집까지 따라 오려고 해 쫏!'

내 머리 속엔 옛날 나를 따라 다니던 남학생의 행동까지 겹쳐져 지금 이 순간에도 스토킹을 당하는 것처럼 불안한 상태가 되어버렸다. 내리려고 일어섰다. 사내도 일어섰다. 내가 내리니, 사내도 따라 내렸다. 내 가슴이 갑자기 쿵쾅거리고 뛰었다. 숨을 깊게 들이마시며 무표정한 체 했다. 기사는 버스 트렁크에서 가방을 꺼내고 문을 닫았다. 난 앞에서 사내를 정면으로 쳐다보지 않을 수 없었다.

'으, 세상에!…'

나는 말문이 막혔다. 그러나 사내는 아직도 나를 알아보지 못한 모양이었다.

"이런! 한 동네 사는 분이셨던 모양이네요? 어쩐지 처음부터 낯이 익어서…"

'낯이 익다니? 그럼 처음부터 그래서 내게 친절했던 거야?'

"아니 왜? 술병은 맡겨 놓고, 찾아 가지도 않고 그냥 버스에 타셨어요?"

"찾아봐도 안 계시길래요. 그다지 귀중품도 아니어서, 그냥 버스에 올랐죠."

그렇게 봐서인지는 몰라도 사내의 눈빛은 뭔가 알고 싶어 하는 것 같다. 난 끝까지 사내를 옛날의 소년으로 아는 체 하지는 않을 작정이었다.

"비싼 술은 아니에요. 그곳 와인이 유명하잖아요. 선물하면 좋을 것 같아 두 병을 생각 없이 더 사 버렸어요. 통과하지 못할 걸 알면서 왜 샀는지 모르겠어요. 뺏기는 것 보다야 누구에게라도 선심을 쓰는 게 좋을 것 같았고, 선심을 쓸 바엔 낯이 설지 않은 쪽이 마음이 가길래요. 하지만 민폐가 되고 말았네요."

녹색불이 들어왔다. 사내와 난 건널목을 건넜다. 사내는 뭔가 자꾸 말을 꺼내려는 느낌이었다. 내가 인사를 마무리하려는데,

저쪽에서 딸이 걸어왔다.

"엄마!"

"아니, 나오지 말랬잖아, 무거운 짐도 없는데, 왜 나왔어?"

"10년 비행한 사람보다 더 많은 걸 겪은 엄마가 집으로 돌아오는데 어케 마중을 안 나와?"

"스탠바이에, 난기류도 만났다며? 게다가 프랑스에서 타고 올 줄도 알고! 엄마 재주 좋다? 잘 찾아오는데? 나 없이 여행가도 되겠어요?"

"엄마, 근데 저 아저씨 누구야? 왜 엄마를 자꾸 따라 오는 거야?"

거울은 안 봤어도 내 귀까지 빨개졌을 것 같았다.

"아아,니, 수, 술 좀 드, 들어 달래서, 따라온 게 아니라 한 동네 사시나 봐."

난 말까지 더듬었다.

"난 또, 우리엄마 좋아서 따라온 줄 알았네!"

딸과 나는 동시에 웃었다. 사내가 딸을 유심히 보는 걸 느낄 수 있었다. 사내의 입이 딱 벌어져 작은 소리를 냈다.

"아! …."

사내가 드디어 나를 알아본 것 같았다. 난 그 입에서 무슨 소리가 나올지 몰라 조마조마했다. 설마 비엔나에서 같은 호텔에서 자고, 이틀을 같이 돌아다녔다는 말까지 하지는 않겠지?

'하필이면 한 동네에 살다니! 우연이야, 인연이야?'

사내는 딸의 모습에서 옛날의 내 모습을 확인한 것 같았다. 하지만 짧은 감탄 외에, 뒷말은 잇지 않았다. 그렇게나 피하고 싶었던 옛날도 있었지만, 어쨌든 구세주 같은, 홀린 것 같이 푹 빠졌던 가슴 설렌 이틀도 있었다.

"뭐, 시원한 거 한 잔 마시고 들어가세요."

난 잘라 말했다.

"아, 아니에요. 괜찮아요, 사실은요, 제가 그 술병 속에 보석이라도 숨겨져 있음 어쩌나, 계속 의심했거든요. 커피는 마신 걸로 할게요. 정말 고마웠어요. 안녕히 가세요."

나는 여러 가지 인사말을 한꺼번에 뭉뚱그려 해버렸다.

내가 전혀 커피 마실 기분이 아니라는 것을 알아챘는지, 남자는 술병이 든 종이 가방을 내밀었다.

"그럼 이거라도 갖고 가세요, 본래 두 병은 여벌로 샀거든요."

사내는 아직 놀람이 다 가시지 않은 눈으로 나를 보았다. 난 술을 받지 않았다. 만약에 받는다면 오늘의 만남이 또 연결될 지도 모르기 때문에. 난 숯불같이 이글거리는 이 공간을 얼른 벗어나지 않으면 데일 것 같았다. 얼른 그의 눈빛으로부터 벗어나고 싶었다.

"따님이 내가 알고 있던 사람과 너무 흡사해 놀랐습니다."

난 사내가 무슨 말을 하려고 하는지, 다음 말은 꺼내지 않아도 알 수 있었다. 처음에는 사내도 몰랐겠지만, 점점 낯익은 그 무언가를 찾아내려고 했을 것이다. 로마에서 거절하면 그만인 것을 비엔나까지 데리고 가서 유명한 곳을 보고, 맛있는 커피를 마시고 돌아다닌 그도 뭔가 낯익은 구석이 있어서 베푼 친절일 것이다. 비행기 안에서 몇 번씩이나 오가며, 부탁의 말을 한 것은, 미심쩍은 자신의 기억을 확인하려 했던 것일지도. '그'라고 확인되자 감미로웠던 그의 노래도, 기타연주의 감동도 사라지고 말았다. 머릿속에 그가 동네를 배회하는 모습만 빠른 영상으로 지나갔다.

'아! 증말 낼부터 동네에도 못 나가는 거 아닌지 모르겠네.'

'내가 그동안 미쳤었나 봐.'

난 모르는 척 돌아섰다. 몇 발짝 걷자, 딸이 불안한 얼굴로 또박또박 말했다.

"엄마, 남이 부탁한 물건은, 이담에라도 절대 맡지 마요! 나쁜 사람이라고 이마에 써 붙이고 다니는 것도 아니고. 술이라니까 다행이기는 하지만, 보석류나 마약이면 어케? 좋은 일 하려다가 운반책으로 몰릴 수도 있다니까. 엄마 눈에 들었어? 내가 보니까 사기꾼 같이 생겼구만. 다음부턴 다른 사람의 부탁, 절대 사절하구요, 그리고 사람을 너무 순수하게 보지 마요."

딸은 연거푸 말했다.

"이담부터는 절대! 처음부터 남의 부탁, 거절하기에요?"

딸은 정색을 하며 힘주어 말했다.

나도 딸의 말에 고개를 끄덕이며

"그래, 알았어. 이것도 다 너 때문에 생긴 일이잖아!"

그러나 이 말을 하려던 것은 아니었다. 속으로는 '이 상황을 어떡할 거야?' 이렇게 말하고 싶었지만 나는 다른 말만 늘어놓았다. 나는 몇 발짝 가다가 너무 궁금해서 견딜 수 없었다. 뒤를 돌아다보았다. 사내는 아직도 그 자리에 멀거니 서 있었다. 그는 지금 무얼 생각하고 있을까? 지난날 자신의 펼치지 못한 미완성 짝사랑을 되감기하고 있을까? 아니면 자신의 마지막 낭만을 설계하고 있을까? 그의 뒤로 붉게 물든 석양이 지고 있었다.

목련 후기

낮과 밤이 다른 그였다. 아니, 둘만 있을 때라고 해야 맞을 것
같다. 그의 머릿속엔 성격 다른 어떤 인간이 말하고 조종하는
것 같을 때가 많았다. 그런 그의 행동을 보면 양가감정이 일어나
지 않을 수 없다. 교육받은 한 인간이 하는 행동과, 특히 술을 마
시고 취했을 때는 귀신썬 것 같은, 좋게 말해서 무의식이 그를
조종하는 것처럼 보였다. 그런 그를 나는 가족들에게도 무슨 비
밀처럼 말하지 못 했다. 말하고 나면 동정의 시선을 받는 것도
싫고, 나 자신이 초라해지는 것 같아 싫었다.

휴대폰은 나에게 족쇄가 된 지 오래였다. 오늘도 벌써 12통이
찍혀있었다. 이럴 땐 어디에 있더라도 마음이 편치 않아 집으로
돌아오고 말았다. 요즘은 전화벨소리만 들어도 조바심이 나고
때론 너무도 선명히 이명이 들리기도 했다. 휴대폰이 나오고부
터 심장병 비슷한 것도 생겼다. 특히 영상통화 때문인지도 모른
다. 벨소리만 들어도 갑자기 가슴이 쿵! 내려앉고 두근거리는 심
장소리는 내 귀에도 들릴 만큼 쿵쿵거렸다. 무슨 병인가 싶어 병
원에 달려가 검사도 받아보았지만 별다른 이상은 없었다.

어느 날 그가 선심을 쓰듯 휴대폰을 선물한 뒤론, 툭하면 '어디

야?' 하며 영상통화를 하자거나, 엘리베이터 안에 있을 때도 옆 사람을 바꾸라고 할 때는 난감하였다. 자주 만나는 친구들은 이 미 그의 습관을 알고 있어서 얼굴을 들이밀고 '안녕하세요?' 하 고 인사를 할 때도 있지만, 난 무척 자존심이 상했다.

 처음 나간 동창회에서 명함만한 비닐로 코팅된 동창 명부 하나 를 받았다. 거기에는 깨알보다 작은 글씨로 40명의 번호가 두 줄 로 빽빽하게 적혀 있었다. 그런데 우리 집 전화번호가 한 칸 밀 려 올라가 남동(남자동창)의 옆자리에 올라가 있었다. 내가 휴대 폰 번호를 알려주지 않아 인쇄하는 사람 마음대로 한 칸 올린 모양이었다. 혹시 휴대폰으로 걸려오는 전화에 대한 염려에서 뺀 것이지만, 그것 때문에 오히려 남편이 오해를 하는 단초가 되 었다.

 살다보면 가끔, 정말 아무것도 아닌 일로 삶이 좌우될 때가 있 다. 명함만한 작은 명부 때문에, 그 시시한 이유로 이혼을 하려 고 덤비는 사람도 있었다. 어느 날 바람의 증거라며 내가 버렸던 명부를 진지한 표정으로 나에게 들이댔다.

"얼마나 친한 사이면 집 번호를 이 놈 옆에 올려놨지? 혹시 좋 아했던 사이 아니야?"

"좋아하기는? 그냥 인쇄가 밀려올라갔을 뿐이에요."

 어린 시절 손가락을 콧구멍에 쑤셔 넣고 코를 파거나, 훌쩍거리 던 콧물을 닦아 반질거리던 옷소매는, 지금 깨끗해졌다 해도 내 눈에는 그때의 모습과 자꾸 오버랩 되어 떠오르던 친구였다. 나는 남편의 손에서 그것을 빼앗아 다시 쓰레기통에 던졌다.

"그 동창회는 안 나가는 게 좋겠어."

정말 착실하게 살아온 것 같은데도 그는 나를 늘 부정을 저지르고 다니는 여자처럼 의심부터 하고 본다. 처음에는 나에 대한 그의 큰 관심인 줄 알았지만, 시간이 지나면서 생각해 보니 아무래도 의처증 같다는 생각이 들었다. 결혼하기 전, 내 주변에는 의처증이 있는 사람이 없었으므로, 나는 의처증에 대한 사전지식이 손톱만큼도 없었다.

의심 많은 사람이라는 걸 알기에 두 번째 모임에는 말없이 다녀왔다. 그날 밤 남편은 독이 오른 표정으로 나의 옷을 마당으로 다 집어던졌다. 그리고는 마당에서 고래고래 소리를 질렀다. '알았어요, 알았어. 다음부터는 안 갈게요.' 하며 나는 그를 달래듯 집안으로 데리고 들어왔다. 내가 이웃 보기 부끄러워하는 걸 알자, 그는 그런 것에 재미가 들렸는지 화만 나면 그런 짓을 예사로 했다.

그는 '혼인신고'가 종 문서에 도장을 찍은 줄 아는지, 매사에 명령하려 들었다. 조선 사람이 타임머신을 타고 한국으로 와서 아직 적응하지 못한, 마지막 조선시대를 살고 있는 남자 같았다. 그의 머릿속에, 여자들은 모두 '여필종부'로 살아야 한다고 인식하는 것 같았다. 그가 태어난 집성촌 전체가 여자를 대하는 인식이 모두 그랬다. 그런 곳에서 어렸을 때부터 물이든 그가 그러는 건 당연한 일인지도 몰랐다. 알고 보니 그 동네엔 남편과 같은 인간들이 수두룩했다.

남편은 이웃 사람들이 우리 집에 오는 것도 싫어했고, 내가 이웃집에 가는 것도 싫어했다. 그런 것은 다 핑계가 있었는데, 남편과 사별하고 세 딸과 사는 서연 엄마는 놈팡이 같은 놈을 나에게 분양할지 모른다며 못 만나게 했고, 항상 친절하고 유머가 풍부한 이웃 아주머니는, 음담패설을 배울지 모르니 만나지 못하게 했다. 예쁘게 꾸미고 다니는 친구는 색기色氣가 흐른다며 만나는 것도, 오는 것도 못 하게 했다. 나는 보이지 않는 끈으로 팔다리가 묶여진 것 같은 구속감을 느꼈다. 같이 있을 땐, TV드라마도 내 맘대로 선택할 수 없었다. 막장 드라마라느니, 패륜적이라느니 하며 자기 마음대로 채널을 돌렸다. 그는 내가 선녀인 줄 아는 것 같았다.

기분 나쁜 나날이 흘러갔다. 얼마 전부터 둘이 싸우는 꿈을 한 달째 꾸고 있었다. 꿈에서 그의 눈에는 살기가 번득였다. 나도 쌓인 감정이 폭발해서 야구방망이로 흠씬 두들겨 패고, 피투성이가 된 그를 내려다보는 꿈을 꾸었다. 잠에서 깨어나도 울적한 마음은 가라앉지 않았고, 돌아누워도 다시 그 꿈의 연속이었다. 꿈은 내면세계의 연장선일 수 있었다. 일방적으로 자유를 구속당하는 억눌림이 나의 잠재의식까지 지배하는 것 같았다. 그와 하루하루 살아가는 삶 속에 울화도 차곡차곡 쌓여갔다. 꿈에서처럼 화가 머리끝까지 치솟을 때 참고 있으면 가슴이 벌렁거렸다. 싸우기도 지쳐 매일 우울했다. 나중에는 체념하다가 막다른 생각까지 했다.

'살고 싶지 않아, 그냥 한강물에 풍덩 빠져 죽어버릴까.'

죽는 방법도 여러 가지로 생각해 봤지만, 가장 단 시간에 고통을 덜 느끼는 방법으로는 물에 빠지는 것이 아닐까 생각했다.

'할머니가 계시니까 내가 없어도 아이들은 살아갈 수 있겠지?'

내게 이차로 온 우울증이었다.

처음 우울증이 왔을 때는, 집성촌에서의 생활이 내가 이전에 살았던 생활방식과 너무 달라서 구속감을 느끼다가 나중에는 누구와도 대화하고 싶지 않았다. 이런 생활이 계속된다면 살고 싶지 않다고 매일 생각했다. 다른 여자들처럼 부모가 있어서 갈 곳이 있는 것도 아니었고, 형제자매들의 집에는 가고 싶지 않았다. 웃어본 것이 언제인지 모를 만큼, 나는 무기력하게 아무것에도 의욕이 없었다. 아기와도 눈을 맞추고 말을 하지 않았다. 그래서인지, 큰아들은 여섯 살까지 웃지도 않고 말도 하지 않았다. 이웃 사람들은 "어머, 이집 아들 벙어리인 줄 알았어요."라고 했다.

나는 깊은 우울증에 빠져, 아이가 왜 말을 못 하는지, 왜 웃지 않는지, 생각해보지도 않았다. 지금 같았으면 발달장애아들이

다니는 그런 곳에 가서 교정치료나 교육을 받았음직한 사건이었지만, 그때는 그것마저도 생각해 보지 않았고 그냥 세상이 귀찮고 싫었다. 이 동네도 너무 싫었고, 동네 사람들의 나에 대한 관심도 싫었다. 아무데도 정 붙일 곳이 없었다. 중매를 선 오빠의 가족도 서울로 이사를 가버렸다. 그러다가 죽을 것 같이 참기가 어려웠을 때, 들어본 적도 없는 이상한 계산서를 생각해 냈다. 만약 내 의견을 들어주지 않으면 죽어 버리든지 이 동네를 떠나 버리리라, 마음먹었다. 그 계산서는 내가 이제껏 즐거워서 했던 노동이 아니니, 당연히 '노동의 대가'를 받아야만 한다고 생각한 데서 나온 발상이었다. 내가 돈을 벌어야 할 것 같았다. 나의 청구서를 본 그는 귀신을 본 것처럼 놀란 얼굴이었다.

'세 명의 아이 중에 두 명의 자녀는 남편이 우겨서 낳은 것이니, 한 명당 보육비에 손해배상 얼마, 삼시 세끼 밥에다 설거지 노동 얼마, 세탁기가 없었으니 손세탁하는데 얼마, 내가 원해서 했던 밤일은 아니니까, 이것은 야근이었고 휴일도 없는 극한노동이므로 한 번에 얼마, 곱하기 8년, 약소하게 잡아도 합계가 4천 9백만 원이 되었다. 나는 이 계산서를 남편에게 내밀었다. 좁쌀을 썰고도 남을 쪼잔한 그의 뇌가, 계산이 돌아갈 틈을 주지 않고 밀어붙이자 엉겁결에 협상에 응했다. 거두어들일 기미가 보이지 않자, 깎자고 했다. 현금으로 달라고 했더니 현물로 주면 안 되겠냐고 했다. 그 돈이면 그 당시에 천호동이나 명일동 근방에 집을 사도 세 채는 살 수 있었다. 그러나 그가 떠나는 걸 싫어했으므로 일단 그 협상으로 나는 산이 딸린 과수원을 하나 샀다. 나는 또, 이후의 노동에 대해서도, 서로 일 해주는 품앗이로 하자고 했다. 품앗이가 아닌 일은 모두 선불을 요구했다. 특히 내가 싫어하는 야근에 대해서는 철저히 선불을 요구했다. 현금이 없으면 이불 밖으로 쫓아냈다. 그는 낭만은 없었지만, 계산은 밝았다. 유비무환이라고 그는 늘 주머니에 현금 얼마를 준비하고 있었다.

아이가 6학년이 되자, 미룰 더 이상 수 없어 나는 그 땅을 팔고 서울로 이사를 했다. 남편은 하던 거 모두 집어치우고 따라 올라왔다. 그리고 친척이 하는 회사에 낙하산처럼 들어갔다. 나의 환경도 달라졌고 내 형제들도 만나면서 1차로 온 우울증은 사라졌다.

친구들과도 연락이 닿았다. 그러나 남편은 내가 친구들을 만난다는 것에 아주 예민하게 반응하며 싫어했다. 동창회 한 번 갔다 온 다음부터는 노골적으로 싫어했다. 본래도 의심증이 많던 남편은 그것을 꼬투리로 의처증이 점점 더 심해졌다. 나는 다시 우울해지기 시작했다. 둘이 자주 싸웠다. 휴일에는 밤낮으로 싸웠다. 나이가 들수록 인내하는 힘도 부족해져서 참아내기가 어려웠다. 전과는 달리 나도 이젠 맞장을 떴다. 우리는 낮에도 눈만 마주치면 싸웠다. 꿈속에서도 싸웠다. 생각 끝에 신경정신과를 찾았다. 의사는 나의 이야기를 끝까지 성심껏 들어주었다.

"남편은 매사에 의심이 많아요. 출장을 갔을 때에는 하룻밤에 서른 번을 넘게 전화한 날도 있어요. 툭하면 통화기록도 떼어 봐요. 같이 길을 걸어가다가 낯모르는 남자가 무심코 힐끗 쳐다봐도, 저 놈이 왜 너를 쳐다보냐고 밤새 시비를 걸어요. 모르는 사람이라고 해도 믿지를 않아요. 그래서 저 사람 머릿속은 왜 저렇게 의심으로 가득 찼을까? 하고 제 나름대로 남편탐구를 좀 해봤어요. 시어머니 탓인 거 같았어요. 그가 태중에 있을 때, 친정엘 몇 달 머물다가 온 일이 있는데, 그 일로 시할머니가 돌아가실 때까지 의심하는 소리를 귀에 못이 박히도록 했었다고 친척할머니께 들었어요. 그때 시어머니가 임신하고 있던 아이가 바로 남편이었어요. 저는 금방 수긍이 갔어요. 남편의 이유 없는 의심은 자신의 의지로도 보이지 않았거든요."

"비약이 심하시네요, 임신 중에 의심하는 소리를 많이 들었다고 해서 의처증이 생긴다는 말은 아직 들은 일이 없어요."

"시할머니께 매일 듣는 의심쩍은, 소리의 부정적인 파동이 태아의 몸에 그대로 기록된 거 같아요. 술을 마시거나 흥분 상태에서는 무의식 속의 기억을 풀어놓는 것 같거든요. 그래도 제가 나름대로 깊이 연구한 거예요. 제가 보기에 시할머니가 빙의한 것처럼 보이거든요."

"태중에 그런 소리를 들었다고 다 그렇게 되겠습니까? 전형적인 망상장애 같기는 합니다만, 앞으로도 남편과 계속 살아가려면 '환기'가 필요할 것 같습니다. 마음의 환기요, 그 환기라는 것은 뭔가 다른 것에 관심을 돌려보는 것이기도 합니다. 누구에게 속 마음을 이야기 한다던가, 일기를 쓰며 풀어내던가, 여러 가지가 있을 수 있습니다. 본인에게 맞는 무언가에 관심을 돌려보세요. 그러면 한결 견디기 수월할 테니까요."

"그게 뭔가요?"

"그건 본인이 찾아야 해요."

의사의 말은 막연했다. 다쳐서 피가 나는 것도 아닌데, 정신과 병원이라고 해서, 몸이 아닌 내 마음의 문제를 나만큼 알 수는 없겠지. 그래도 내 말을 끝까지 들어주었다는 것과, 한 가지 해 법을 알려주긴 했다. '환기'라는 말, 그런데 '환기가 어떻게 해야 하는 거지? 정신과 의사와 점쟁이의 차이는 무얼까? 점쟁이는 이렇게 말했다.

"궁합이 안 맞아! 아무것도 안 보고 결혼했지?"

어떻게 이제껏 참을 수 있었느냐고, 둘 다 마음속에 살기가 가 득하다고, 말했다.

"아내 덕에 이집 결혼생활이 유지되는 거야! 더 참아야 돼! 남 편은 도화살이 끼었어, 여자가 곳곳에 있어!"

나는 웃으며 말했다.

"다른 건 몰라도 여자는 아닌 것 같은데요."

"두고 봐!"

그래도 점쟁이의 말에 많은 위로가 되었었다.

두 번째 정신과 병원에 갔을 때 나는, 지난 번 보다 더 강도 높은 남편의 흉?을 늘어놓았다. 조용히 듣고만 있던 의사가 처방을 내렸다. 난 의사의 말에 깜짝 놀랐다.

"이혼 하세요! 다른 처방이 필요 없을 것 같습니다. 방해물이 없어야 그 우울에서 빠져나올 수 있겠습니다."

그 의사, 명의라고 해야 하나? '이혼'이라는 말을 들었을 때, 실행할 용기는 없었지만, 정말 모든 우울함이 사라질 것 같기도 했다. 어쨌든 그때는 그 말이 까마득하게 들렸다. 사람 사는 세상은, 결혼하는 법절차는 간단한데, 이혼이라는 절차는 여간 복잡한 게 아니었다. 그 첫 째, 아이가 있다. 둘 째, 뭐 먹고 사나? 셋째, 재산이 서푼이라도 둘이 갈라야만 한다. 휴~ 듣기만 해도 복잡하다. 아이의 양육권을 가져온다 해도 내가 경제활동을 하게 되면 아이는 누가 돌보나? 나는 또 다른 고민에 직면했다.

두 번째는 약도 2주나 처방되었는데, 나는 집에 오자말자 약봉지를 버렸다. 이제부터 막연하지만 그 '환기'라는 것을 찾아내고, 내 힘으로 우울증을 이겨내야 할 것이라 생각했다.

그 무렵, 극심한 스트레스에 시달린 엄마와 태아에 대한 다큐멘터리를 보았다. 엄마와 태아는 연결되어 있고, 태아는 뱃속에서의 경험이 태어난 이후에도 그 감정 상태를 유지하며, 그렇지 않은 아이들보다, 지능도 떨어지고 스트레스를 조절하는 유전자가 차단되어 있었다는 내용이었다. 이 다큐와 부합되는 이들이 바로 시어머니와 그 아들인 남편이었다. 겉모습은 소시민처럼 평범하게 생겨서 밀려드는 불안을 이기지 못해 남에게까지 전염시키는 사람이었다. 나도 혼자 삭이려니 울화가 끓어올랐다. 이러다가 꿈에서처럼 일내고 마는 건 아닌지 모르겠다.

대문을 밀쳐도 개는 꼬리도 흔들지 않는다. 개도 내가 미워한다는 것을 아는 모양이었다. 비 때문인지 개 비린내가 역하게 코를 자극했다. 마음도 울적한데 향나무와 감나무가 우거진 집안을 보니 들어가고 싶은 마음이 사라졌다.

"내 언젠가는 저 늚의 개도 팔고, 감나무도 베어내고 말겠어."

현관문을 열었다. 일찍 퇴근한 남편이 덜그렁거리며 냄비를 찾고 있는 중이었다.

'배고파 죽겠구만 어딜 갔다가 이제 오는 거야? 집도 다 비우고.'

선비같이 생겨서, 말은 늘 본데없이 했다. 나는 목소리만 들어도 짜증이 났다.

"내가 개야? 집 비울 때도 있지!"

"이게 그놈하고 바람이 나더니만 서방도 눈에 안 뵈나보지?"

언제 저런 소리 안 듣고 살까? 난 목 끝까지 올라온 가시 돋친 말을 삼켰다.

"내가 전화를 걸어봤거든! 그놈이 널 오라던데?"

또 시비를 건다. 남편은 정말 일을 크게 벌이고 말 것 같았다. 나는 끓어오르는 화를 참고 냄비의 물을 가스 불에 올렸다. 이 남자는 내가 이토록 미워하면서 만든 음식을 먹어도, 탈이 나지 않았다. 무감각이던지 강철 같은 건강을 지녔던지 둘 중의 하나일 게다. 라면을 다 먹은 남편은 아직도 화난 얼굴을 풀지 않은 채 밖으로 나가 버렸다. '흥! 누가 모를 줄 알고! 술 마시러 나갈 때는 언제나 저 화난 표정으로 나가는 것을!'

남편이 나가자 나는 친구에게 전화를 걸었다.

"야! 넌 그런 남자랑 어떻게 사니? 아무리 아니라고 해도 똑같은 말만 되풀이 하더래. K가 있지, 니 남편 정신병 있는 거 아니냐고 그러더라. 너무 말이 안 통해서 '너 같은 놈하고 사는 친구가 불쌍하다. 그랬대. 하도 억울한 소릴 해서 '보내! 차라리 내가 데리고 사는 게 낫겠다.' 그랬다고 하더라."

이제야 '널 오라더라.'는 말이 왜 나왔는지 이해가 되었다. 망상장애가 있다고 설명하기도 어렵고, 난 부끄럼으로 얼굴이 화끈거렸다.

전화벨이 울렸다. 남편이 전화를 두고 나간게다. '귀요미'라고 액정에 떴다. 그 나이에 귀요미? 웃기고 있다. 그런데 귀요미가 누구지? 얼른 짐작이 가지 않았다. 귀요미 목소리나 한 번 들어보자, 난 전화를 열고 귀에 댔다.

"여보세요, 여보세요?"

전화기 저 너머에서 가늘고 고운 여자의 음성이 들려왔다. 내 목소리와는 비교가 되지 않았다. '목소리에 반했나? 그의 이죽거리는 말투에 나도 짜증이 나서 상냥한 목소리가 나오지 않았었다. 언니들도 말했다.

"얘는 목소리가 달라진 거 같아, 왜 그렇게 징징 짜는 것처럼 말하니?"

나도 반성하고 고치려고 했지만, 그이와 대화하다보면 절로 그런 투의 목소리가 나왔다.

나는 살그머니 종료 버튼을 눌렀다. 어떤 여자일까? 나에게 걸려오는 그의 전화만 신경 썼지 한 번도 남편에게 걸려오는 여자의 전화는 관심을 두어본 적이 없었다. 무심코 지난 수신번호도 주욱 훑어보았다. '귀요미'가 띄엄띄엄 섞여 있다. 내게 열두 번을 전화한 시각 사이사이에 이 번호가 찍혀있다. 통화시간 20초, 동창인가? 20초면 그녀가 누군지는 모르지만 그녀도 감시당하고 있는 것이다. 그가 때때로 버릇처럼 전화를 걸어놓고, 가만히 주변 소리를 듣고 있다가 말도 안 하고 툭, 끊어버리는 습관이 있는 사람이었다.

'정신병자 같은 놈!'

남편이 동창회 같은 데는 절대 못 나가게 했지만, 무시하고 두 번 참석한 게 다였다. 그런데 그는 아무 때나 바람이 난 것처럼 그것으로 트집을 잡았다. 그 이유를 내가 상상할 수 있는 것은 남편의 눈에 자신들의 동창회가 문란해 보였을지도 모른다. 그것도 남편이 바로 그 주인공이 아닐까 하는 상상을 했다. 귀요미와 남편, 어떤 비밀이 둘 사이에 있을지도 모르겠다. 그녀의 목소리를 들었을 때, 막연한 육감이 발동 했으니까. 나뿐만 아니라, 세상 모든 아내들의 육감은 동물적이다. 혹시 그것을 감추기 위해 나에게 연막을 쳤던 것은 아닌지, 난 상상이 꼬리를 물고 이어지자 머리를 흔들었다.

'이런! 의심병도 전염되나?'

어쨌든 난 남편이 K에게 전화를 해대는 것도 수치스러워 아예 친구들을 만나는 것은 단념했다. 잠이 설풋 들 무렵 남편이 들어왔다. 혀 꼬부라진 말투로 시비를 걸었다.

"사람이 안 들어왔는데 벌써 잠을 잔단 말이야? 밥 줘!"

남편은 굶고 자란 사람처럼 내 얼굴만 보면 밥을 달란다. 그가 유년시절 잘못을 했을 때 할머니는 밥도 주지 말랬다고 들었다. 그때 직접 대들지도 못했던 한을 나에게 화풀이하고 있는지도 모른다. 그리고 보면 현재 일어나는 모든 행동들은 모두 과거와 연결되어 있음을 알 수 있다. 밥을 주지 않으면 오늘 밤 무사히 넘어갈 것 같지 않아 주방으로 가려고 일어섰다.

"너는 꼭 말을 해야 알아 듣냐?"

나는 안다. 내가 밥을 주었어도 숟가락도 대지 않는다는 것을.

단지 밥을 눈으로 보지 않으면 허기가 지는 모양이었다. 마음의 허기였다. 그 어린 시절의 기억 때문에. 남편이 화장대 옆에서 비칠거렸다. 화장대와 부딪히자 우르르 화장품이 바닥으로 떨어졌다. "비켜!" 커다란 주먹이 얼굴을 스쳤다. 그는 또 장롱 안의 옷을 꺼냈다. '이게 모두 얼마야? 왜 돈을 이렇게 헤프게 쓰는 거야!'

"집에서 하는 일이 뭐가 있다고 밥도 안 주고 잠을 자?"

앞에 걸리는 것은 모두 발로 걷어찼다. 억울한 것은 다음 날 이런 행동을 하나도 기억을 못 한다는 것이다. 기억이 진짜 안 나는 건지, 못하는 척 하는 건지, 모르겠다. 난 옷이 널브러진 바닥을 피해 가려다 옷을 밟고 넘어졌다. 갑자기 뱀처럼 징그러운 눈빛이 스쳤다. 야수가 된 그는 무릎을 굽히고 내 옷을 좍좍 찢었다. 맨살이 드러난 나에게 굶은 짐승이 먹이를 발견한 것처럼 덮쳤다. 이럴 땐 완전 사디스트sadist로 변했다. 법만 없으면 죽여버리고 싶었다. 아니 법보다, 그렇게 되면 아이들이 어떻게 살아갈까 싶어 또 참았다. 떠밀어도 산이 무너져 덮친 것처럼 꿈쩍하지 않았다. 사람을 싫증 난 물건 대하듯 마구 대하는 저 인간에게 나도 언젠가는 복수할 날이 있을 것이다. 요즘 자주 악순환의 고리를 끊어야겠다는 생각이 들었다.

뜨거운 몸, 온몸에 땀샘이 열려있는 것처럼 물기 있는 몸, 끈적거리는 손, 그와 나는 온도부터 맞지 않았다. 몸이 난로처럼 후

끈거리는 것을 몹시 싫어한 내가 '앗! 뜨거워.' 하면, 신혼 때는 그래도 찬물에 샤워하고 손을 수건에 싹싹 닦고 몸에 열이 오르기 전에 가까이 오는 예의라도 있었다. 지금은 낯익었다고, 애들만 집에 없으면 예의고 뭐고 밤도 낮도 없이, 나와 스치기만 해도 덮쳐온다. 전기가 통한다나? 저 야수는 멀쩡한 인간처럼 행동하다가도 여자가 울거나 괴로워할 때 아니면 폭력을 행사한 후, 습관처럼 이런 행동을 하는 걸 보면, 두고 봐도 정상은 아니었다. 피를 빤 거머리가 몸이 커다래져야 피를 빨던 몸에서 떨어지는 것처럼 맥없이 떨어져 나가 코를 골고 잠을 잔다. 혼인신고가 저 인간에겐 '노예계약서'로 보이는 모양이었다. 내 언젠가는 그 계약서를 파기하고 말 것이다. 코를 고는 짐승의 엉덩이를 발로 한 번 찼다. "짐승 같은 새끼!" 그냥 잔다. 난 옷가지 하나만 들고 주방으로 나왔다. 숨소리도 듣기 싫다. 절이 싫으면 중이 떠나야지! 딸의 방 손잡이를 잡다말고 돌아섰다. 나와 익숙한 공간인 주방이 편할 것 같았다. 난 발 방석 위에 쭈그리고 앉았다. 저 나쁜 놈을 어떻게 해야 하나? 18세기에서 현대로 넘어와 적응을 못하는 것 같은 인간, 뭔가 몹쓸 첨가물이 들어가, 잘못 만들어진 인간 같았다. 사람 달라지기 참 어렵다는 걸 새삼 느꼈다. 그가 보고 자라온 생활이 그런데, 갑자기 내가 몇 마디 한다고 달라지기는 어렵겠지. 나도 그에게 긴 세월 시달려도 도무지 적응이 되지 않는 건 마찬가지니까. 혹시 같은 부류끼리 어울려 살면 고쳐질 까?

오늘 같은 날에는 이런 기도문이 절로 나온다. '당신, 아주, 아주 억센 여자를 만나서 꼭 쥐여서 살아봐라! 나는 이제 두 손 두 발 다 들었수다!'

아이들이 잠에서 깨면 애비의 못난 모습을 보고 배울까 두려워서, 참았던 것이 한 두 번이 아니었다. 미워하면서 닮는 게 가족이 아니던가. 이젠 이런 악순환의 고리를 끊어야겠다. 아이들에게 아직 이상한 짓을 하지는 않았지만, 나라는 방패가 없어지면 화살은 아이들에게 옮겨갈 것이라는 걸 나는 안다. 그의 이중성격은 남들이 보는 앞에서는 나를 왕비 대하듯 하니까, 내가 말하지 않으면 그 누구도 모를 것이다.

저 망상장애 아들을 낳은 시어머니도 모를 것이다. 시할머니의 잔소리를 빼 닮은 아들을 보면 어떤 기분이 들까? 내가 한 번도 일러바친 적이 없어, 아들 잘난 줄만 아실 거다. 시어머니는 지난 세월 시할머니로부터 들었던 의심에 찬 잔소리를 참아내서인지 표정은 늘 차디찼다. 얼마나 잔소리가 듣기 싫었으면 귀까지 멀었을까. 귀가 먼 것은 시어머니의 의도적인 면도 있어 보였다. 안 듣는 게 속 편하다. 그렇게 귀를 닫다가 정말 귀가 멀었는지도 모른다. 나도 참다보면 그렇게 될지도 모를 일이다.

싱크대 밑 깊숙이 밀어 넣어 두었던 나무 야구방망이를 꺼냈다. 혹시라도 남편이 싸움을 걸어올 때 내가 욱해서 이것을 휘둘러

댈까봐 여기다 감추었는데 다시 꺼내보았다. '이걸로 그냥!' 인간이 아직 야수였을 때 그때의 무의식이 살아나는 순간이었다. 정신없이 자고 있을 때 이거 몇 방이면 저 세상으로 가겠지? 몸서리쳐지게 싫은 인간과 같은 집에서 살아야 하는 것이 결혼이라니! 하지만 나에게 야수가 빙의된 것은 이, 삼초? 그 몇 초 뒤, 뒷감당할 자신이 없다. 뒷감당? 그것까지도 참아낼 수 있지만, 남편을 죽인 살인자의 아들이라는 오명을 평생 짊어져야 할 아이들이 무슨 죄란 말인가? 방망이를 든 손을 힘없이 아래로 내렸다.

'이렇게 죽이고 싶도록 미워하느니 헤어지는 게 더 낫겠다!'

미움의 힘이 내 마음 속에서 득세를 하는 순간, 미친 듯 방망이로 이 인간의 머리통을 갈겨대고 싶었다. 칼을 꺼내 마구 찔러버리고 싶은 충동도 끓었다. 칼이 도마를 떠나면 요리도구인가? 무기인가? 피가 튀는 살벌한 장면이 연상된다. 그래도 정신을 차려야지. 아이들이 요즘 야구를 하지 않는지 방망이를 찾지 않아 다행이다. 난 아까보다 더 깊숙이 방망이를 밀어 넣었다. 내가 이걸 휘둘러대는 순간, 나의 내일은 물거품처럼 사라질 것이다. 아직 다 크지 않은 아이들이 아버지를 잃는다는 것은 피지 않은 꽃을 중간에 꺾어버리는 것과 뭐가 다를까. 나도 부모가 없는 그런 덤터기 같은, 소외된 삶을 살아봤는데, 또 대물림 할 수야 없지. 누군가 희생을 하는 덕을 쌓아야 아이들이 무사히 자랄 수 있다는 것을 나는 너무 일찍 깨달아 알고 있었다. 다 클 때까지만 참아야겠지? 검은 머리 파뿌리 될 때까지 함께 사는 것이 결혼의 완성이라고 말하는 사람도 있겠지만, 때리고 부수고 할퀴어도 그 완성을 위해 함께 살아야 한다? 내가 완성을 해서 뭐 하는데? 누가 인간승리라고 말이라도 해 주나? 더 참으면 내 심장이 폭발할지도 모르는데. 폭발물이 꽉 찬 가슴이 안정이 될 만한 환기는 무엇일까? 맞바람을 피우는 일? 길길이 날뛸 그의 면상이 떠오르자 갑자기 통쾌한 웃음이 나왔다. 아니면 남편이 애정을 갖고 있는 물건을 모두 없애는 것? 내일은 우선, 다시는 못 잡이 당기게 머리부터 짧은 커트를 해볼 일이다. 아니면 그가 장기적으로 집을 비웠을 때 이사를 가버릴까?

'오! 이사, 그것참 괜찮은 아이디어인데? 실행 한 번 해볼 일이야!'

남편은 오늘 밤에도 돌아오지 않았다. 그녀랑 같이 있을까? 침대에 누워 창문을 보니 달빛이 어슴푸레 방안에 든다. 나는 개를 팔아버렸고, 가로수 작업하는 사람 둘을 소개받아, 감나무도 베어버렸다. 머리도 짧게 커트했다. 다음 날 집에 돌아온 남편은 노발대발했다.

"아니? 감나무는 언놈이 와서 잘랐어? 그리고 대가리는 왜 그 꼬라지야! 아유! 꼴도 보기 싫어! 네가 요렇게 악질로 변해가는 것도 다 그 놈 때문인 것 같아, 그놈을 가정파괴범으로 고소할 거야!"

남편은 만나본 적도 없는 남동을 우리의 삶에 깊숙이 개입시켰다. 자신의 망상에다 살을 부쳐 기정사실처럼 말하고 점점 막장 드라마를 완성해 가고 있었다. 그의 망상장애가 점점 중증으로 발전해가고 있었다.

"귀신들린 소리 이젠 듣기도 싫어, 더 이상 못 참아! 헤어져."

"내일 그놈 마누라까지 나오라고 했어, 아주 담판을 지을 거야!"

남편은 또 그 이상한 눈빛을 보인다. 남편이 저렇게 우멍한 눈빛을 하고 어디론가 빨려 들어가면 시할머니가 빙의한 것처럼 밤새 중얼거린다. 동이 틀 무렵에야 입은 채로 쓰러져 잠이 들고 잠에서 깨어나면 아무것도 기억하지 못 한다. 오늘도 또 그럴 것 같다. 그리고는 또 무릎을 꿇고 싹싹 빌겠지.

"나도 내가 왜 그랬는지 모르겠어, 누가 시키는 것 같아!"

"귀신 씨 나락 까먹는 소리하고 있네! 자기가 모르면 누가 알아?"

그는 늘, 사과를 할 때는 자기도 모르게 저절로 그렇게 되노라고 말했다, 술에 취하면 온통 무의식에 점령당하는 인간, 그러니까 이제껏 내가 그를 탐구한 바에 의하자면, 그의 이상한 잔소리는 태교가 잘못된 것이 맞는 것이다. 아이들이 나쁜 버릇을 못

고칠 때, '삼신을 잘못 빌었다.'는 말은 저 사람에게 해당되는 말이었다.

어느 날 남편은 월차휴가를 냈다. 설마 나와 함께 화해의 여행이라도 가려고? 하지만 이런 야무진 꿈은 단념한 지 오래였다. 아니 반갑지도 않다. 여행이라고 동해안에 간 적이 있었다. 나는 그곳에 가면 당연히 강릉초당 두부집이나 횟집에 들릴 것이라 생각했다. 그리고 강릉의 커피 거리에 향 좋은 커피도 마시고 가자고 해야지, 여행이니까. 그러나 그는 강릉 도착하기 전에 휴게소에서 팔천 원짜리 시래기 국밥을 먹었고, 파도가 좀 세게 치는 해변에서 모래사장 한 번 거닐고, 좀 한적한 사람 없는 해변에서 모래를 차며 거닐다가, 해변에 떠밀려온 다시마 같은 걸 계속 건지며, 너무 재미있다며 시간을 다 보냈다. 그리고는 차가 밀린다는 이유로 커피도 마시러 가지 않았다. 정말 낭만이라고 눈 씻고 찾아봐도 없었다. 짠돌이 같은 놈! 바라는 내가 바보이지, 짠돌이라는 별명이 괜히 붙었을까? 시어머니 별명이 '짠순이'인데, 이것도 유전인가 싶었다. 우리 아들 별명도 '소금'이었으니, 아이들은 내가 가르치지 않아도 절약 하나는 기가 막히게 잘했다. 절약에 대해서는 내가 아들을 따라가지 못 했다. 초등학교 입학 기념으로 유명 상표 옷을 사다가 입어보라고 하자 제 눈에 비싸 보였던지 이런 말을 했다.

"이런 옷 말고 다음부터는 싼 걸로 사다 주세요, 비슷한 옷을 왜 돈을 더 주고 사요?"

"입학 기념으로 샀지."

일곱 살짜리 어린애의 말이라고 믿기지 않았다. 나는 국민학교 입학 때, 아버지가 입학 기념으로 옷가게에 데리고 가셨다. 그리고 나보고 고르라고 하셨다. 나는 노르스름한 슈트 한 벌을 골랐다. 개나리같이 예뻤다. 나는 너무 좋아서 깡총깡총 뛰었다.

"아부지, 나도 커서 아부지 담배 많이 사 줄게."

아버지가 좋아하는 것이 담배라는 걸 알았기 때문에 나는 그렇게 말했었다. 그러나 나의 두 아들이 하는 양을 보면, 어쩌다 한 번 우연히 나온 말이 아니었다. 시키지 않았는데도 몇 푼 안 되는 용돈을 몇 년씩 출납을 기입한 것을 보고 난 또 놀랐었다. 큰아들이 경주 수학여행에서 사온 선물이 나무밥주걱이었으니 말해 뭐 하랴. 세상에 모든 엄마들이 다 아들에게 밥을 해먹이지만, 나무밥주걱을 선물로 받고 싶은 사람이 있을까? 작은 아들은 학원에서 포항으로 일박이일 여행을 갔는데 용돈을 고스란히 남겨서 나에게 갖다 주었다. 어떻게 이 더운 여름에 하드라도 사 먹지, 돈을 하나도 안 썼냐고 물었더니 "애들이 뭐 사먹을 때 옆에 서 있으면 나누어 주던데요, 그래서 나는 돈을 안 썼어요." 라고 천연덕스럽게 말했다. 애들이 이 지경이니 그 아비 또한 좁쌀을 썰고도 남지 않겠는가. 유전의 법칙이 놀라울 뿐이다.

그 후, 나는 둘이서 어디 여행이나 남의 집 방문도 가고 싶지 않았다. 친척집 방문할 때도 빈손으로 가고 조카들 용돈도 주지 않았다. 그냥 얻어먹고만 오는 노랭이었다. 이번 휴가도 며칠이나 냈는지 벌써 걱정이 앞섰다. 그 며칠을 무사히 넘어갈 것 같지 않았기 때문이다. 마주보기 30분 안에 우리는 스파크를 일으켰다. 격투기 영상을 찍지 않으면 그나마 다행이었다. 그런데 남편이 의외로 외출을 했다. 오후에 돌아온 남편의 손에는 서류봉투가 들려있었다. 그것을 나에게 휙 던졌다. 도장이 또르르 굴러나왔다.

"오늘 금요일이니 늦어도 다음 주 목요일까지 서류해서 법원에서 만나! 목소리 듣는 것도 소름끼쳐!"

'내가 할 말 사돈이 하고 있네!'

난 속으로만 말했다. 남편은 '정말 아무 관계도 없는 사이'라는 내 말을 믿지 않았다. 그는 무슨 다른 속셈이 있는 것 같았다. 장롱 문을 열더니 자기의 옷가지를 주섬주섬 챙겨 가방에 쑤셔넣었다. 그리고는 현관문을 쾅! 소리 나게 닫고 나갔다. 갑작스런 그의 행동에 멍해졌다. 혹시 그 '귀요미'랑 해외여행이라도 가려나?

이윽고 차 문을 닫는 소리와 차가 떠나는 소리가 들렸다. 벌써 네 번째다. 나를 길들여 자신의 종처럼 만들려는 수작인 것 같았다. 나도 처음에는 오해를 풀려고, 또는 오해를 받지 않으려고 무진 애를 썼다. 이번 일도 오해를 받지 않으려고 쩔쩔맨 것이 오히려 나쁜 결과를 가져온 케이스였다. 두어 번 재미 들린 남편은 이젠 습관처럼 가방을 싸들고 나갔다. 남들은 삐치면 여자가 친정을 간다는데 우리는 반대였다. 결혼할 때 가득했던 믿음은 하나 둘 빠져나가고 이젠 주춧돌마저 흔들거렸다. 사랑의 곳간에는 불신의 먼지만 가득했다. 한 올 실낱같은 믿음으로 이어가던 우리의 생활이 이제 끊어질 때가 온 모양이었다.

'흥! 너, 이렇게 나온다 이 말이지? 너도 나한테 혼 좀 나봐라!'

나는 사법서사를 찾아가 서류를 접수했다. 그가 말한 협의이혼이 아닌 '이혼소송'을 했다. 그리고 급매로 집을 내놨고, 사려고 준비된 사람이 기다리듯 금방 팔렸다. 서울로 이사 올 때 내 이름으로 된 땅을 팔아서 올라왔기 때문에, 집도 내 이름으로 등기하는 것은 당연했다. 시골 땅값은 올라가지도 않고 살 사람도 없는데, 서울 집값은 자꾸 올라갔으니 그가 약이 오르기도 할 것이었다. 마침 비어 있는 집도 있었는데, 엘리베이터가 있어서 마음에 들었다. 나는 그 집으로 이사를 갔다. 모든 것이 순조로웠다.

이젠 그의 이름으로 된 족쇄 같은 이 휴대폰도 쓰지 않을 것이다. 난 싱크대로 가서 물을 받고 휴대폰을 수장시켰다. 전화번호가 달라져 남편에게서 전화가 걸려오지 않아 아주 편했다. 이사 올 때 집 전화도 없애버렸더니 집은 절간같이 조용했다.

새 휴대폰은 기종이 달라서 틈 날 때마다 번호를 옮겼다. ㄱ에서 ㅎ까지. 사백 개 남짓 옮겼다. 남편과 내가 결별을 하면 나와 함께했던 그의 집안, 또는 인연들의 전화번호도 함께 삭제될 것이다.

비가 추적거리고 하루 종일 내리던 오후, 딸이 내게 와서 급한 듯 말했다.

"엄마, 엄마! 내가 있지, 전에 살던 집, 멀리서 지나가다가 우리 집 쪽을 쳐다봤잖아? 그런데 옛날 우리 집 근처에서 아빠 같은 사람이 집 앞에서 비 맞고 서 있는 거 봤어, 아빠가 맞으면 데려올까?"

'충격 좀 받았겠지?'

둘이 갈라선다 해도 딸에게는 아버지인데 냉정하게 거절할 수 없어 나는 고개를 끄덕거렸다.

"그래, 데려 와."

창밖은 서서히 어둠에 잠겨 사방이 어슴푸레하다. 난 커튼을 치고 돌아섰다.

딸을 따라온 그는 한동안 말없이 앉아있었다. 제 딴엔 충격을 받은 모양이었다.

"밥 먹고 있던 데로 가지,"

나는 몇 가지 반찬과 밥을 차려주었다. 살이 좀 빠진 것 같기도 하고 힘도 없어 보였다. 늘 굼실거리던 내가 이렇게 이사까지 했을 줄은 몰랐겠지?

"내가 잘못했다, 미안하다, 그 서류, 취소하면 안 될까?"

 그는 말만 그렇게 했지, 전처럼 무릎을 꿇고 빌지는 않았다. 자기 딴에도 잘 됐다 싶을 지도 몰랐다. 잘못했다는 말은 그냥 던져보는 말 같았다.

"있을 때 잘 해야지,"

"호적에는 이름을 그냥 두고, 헤어져 살면 안 될까?"

"소위 요즘 유행한다는 졸혼을 말하는 것 같은데, 나는 그 집안이랑 식구로 있는 거조차도 싫고, 내 이름 자체가 그 호적에 붙어있는 게 이젠 싫다구요!"

 그는 밥그릇을 싱크대 안에 갖다 넣더니 싱크대를 열고 칼을 꺼내들었다.

"내일 당장 가서 취소해! 못해?"

"술, 끊을 거야?"

"술? 못 끊어!"

"그래? 술 끊으면 봐주려고 했더니 이젠 끝이야! 가! 실낱같이 붙어있던 정도 다 떨어졌어. 이젠 붙이지도 못해!"

"뭐? 그래서 어쩔 거야? 내가 여기서 죽을까? 니가 죽을래?"

"참 웃긴다, 다른 사람이 들으면 목숨 건 순애보인지 알겠다. 다른 여자랑 실컷 살다가 와서 무슨 딴소리야? 당신 같으면 용서가 되겠어요?"

나도 속에 있는 말 참지 않고 연거푸 쏘아댔다.

"누구나 한 번은 죽지, 당신 나 죽이고 감방가면? 당신이 없어도 우리 애들을 그 여자가 키워 준대? 대책 없는 인간 같으니라고!"

딸이 기겁을 하고 아빠의 팔에 매달렸다.

"아빠, 아빠. 이러면 안 돼! 아빠는 그 여자한테 가면 되잖아요."

"아니, 애들이 어떻게 알아?"

"아빠, 지금 다 들었어요."

딸이 칼을 빼앗았다. 남편이 매달릴 끈은 겨우 아이들이었다.

"흥! 이혼 안 해줄 거야! 애들도 다 두고 니 몸만 나가!"

"흥! 내 집이야! 당신이 나가야지 누굴 나가래? 그리고 이혼 안 해줘도 돼! 당신이 그럴 줄 알고 이혼소송 했으니까! 당신이 던지고 간 서류 내가 잘 접수 했어. 서초동 가정법원에서 만나, 이제 그만 가!"

그가 장롱 문을 열고 무얼 찾고 있었다.

"족보는 어디 갔어? 그리고 내 옷은 다 어디로 간 거야?"

"장손도 아니면서 족보는 왜 챙겨? 그 잘난 족보? 옷? 다 내다버렸지, 후손이 저 모양인데, 내가 왜 그 족보를 챙겨?"

"그 여자에겐 서비스가 좋은 모양이지? 여태 붙어 있는 걸 보니! 한 여자도 건사를 못하면서 또 다른 여자? 욕심도 많네!"

"나는 이혼 못 해! 정 하고 싶으면 위자료 내놔!"

"위자료? 위자료 같은 소리하고 있네. 그 집을 무슨 권리로 당신이 근저당을 해? 내 도장 훔쳐다 찍은 거지? 그래요, 내가 큰맘 썼다, 그걸로 위자료 하세요!"

그와 살다 보니 이젠 보지 않고도, 그의 행동을 미루어 짐작할 수 있었다. 그가 어떻게 나올지, 무슨 짓을 할지. 손바닥 들여다보듯 그의 행실을 예측하고 있었다. 아예 나는 이혼소송을 냈던 것이었다. 헤어질 결심을 하는 것이 어려웠지, 결심하고 난 뒤엔 아무 미련도 남지 않았다. 실낱같은 인연 줄에 기대어 큰소리치던 그, 아이들이 다 큰 지금에 와서 참을 일이 뭐가 있다고? 그는 어리석었다.

요즘 황혼이혼 하는 사람이 갑자기 많아졌다고 조사관이 말했다. 소송을 하고 13번을 조사관 앞에서 한 번도 빠짐없이 조사를 받았다. 만약 빠지면 출석하는 사람 위주로 재판이 흘러간다고 했다. 부끄러운 가정사를, 왜 이혼을 하게 됐는지의 경위를, 미주알고주알 까발려 조사관에게 말해야 했다. 드디어 이혼 판결이 났다. 13개월만이었다. 판결문이 송달되었다. 해를 넘기고야 판결문을 받았지만, 깜빡 잊고 보름 안에 구청에 신고를 안 하면, 이제까지의 지난한 수고가 모두 헛일이 되고 마는 것이다. 나는 큰 글씨가 써진 달력에다, 구청에 가는 날짜에 붉은 동그라미를 한 번, 두 번, 세 번이나 쳤다. 잘못 인쇄된 명부 하나로 이혼을 하게 되었다고 하면 지나가던 개가 웃을 노릇이었다. 하지만 원인은 남편의 망상장애이지, 그 명함이 아니었다.

"늙어서 한 쪽이 병들면 이혼도 못 한다는데, 늦었지만 잘했다!"

나는 나를 칭찬하듯 혼잣말을 했다. 괴롭히던 한 쪽이 사라지니 헝클어졌던 마음은 곧 진정이 되었다. '뭐부터 할까? 그리고 이젠 '나'로 살아도 되는 거잖아? 그래, 맞아! 나는 나야! 남편을 만나기 전 나의 생, 내 전생에도 꿈이 있었지. 그 생각을 하니 갑자기 할 일이 많아진 것 같았다.

하늘도 맑고 바람도 살랑거리는 봄날이었다. 내 마음도 하늘처럼 맑게 개였다. 요즘은 '나는 자유를 찾았다!' 하고 환호성을 지르고 싶은 심정이었다. 내가 쟁취해낸 자유, 무엇보다 소중하게 생각되었다. 구청에 가는 내 발걸음이 날아갈 듯 가벼웠다. 내 날개옷을 이제야 찾은 것 같았다. 판결문을 받은 날, 나를 돌아보니 약을 먹지 않았는데도, 이미 심장병 같은 두근거림은 씻은 듯 사라지고 가슴이 편안했다. 이혼이 약이었네! 환기? 이것이 환기였잖아. 이번엔 용기를 내어, 그를 용서하지 않은 내가 참 잘한 것 같다. 또 용서했더라면 뫼비우스의 띠처럼 우리는 같은 일상을 되풀이 하겠지? 그렇게 되면 세월이 흘러도, 남편 할배는 내게 빌고, 나는 매일 이혼을 하는 할머니가 될 것이었다.

멀거니 TV를 보는데 자막이 지나갔다. '17년 전에 이혼한 전처

를 지하주차장에서 칼로 찔러서 살해.'

'아이구, 참! 이 뭔 개 풀 뜯어 먹는 소리래? 왜 포기를 못 하고 저렇게 옛 인연에게 연연할까?'

'누구든 흘러간 사람은 제발 그냥 흘러가게 놔둬라! 세월이든 물이든 흘러간 자리엔 금세 또 새물로 채워지는 것을! 그러니까 있을 때 잘해야지! 세상의 모든 남편들이여! 아내에게 '엄마'가 되어 달라고 하지 말아요. 아내는 엄마가 아니에요, 아들처럼 모든 걸 다 품어줄 수가 없어요.'

나는 들어줄 사람도 없는데 혼잣말을 했다.

모처럼 친구의 전화도 마음 편히 받았다. 친구가 요즘 뭐하냐고 물었다.

"나? 요즘 뭐 하냐구? 나 혼자 산다!"

"그래? 참 잘했다! 그동안 많이 힘들었지?"

듣는 사람마다 위로를 하며 잘했단다. 법원까지 쫓아와서 가정법원 앞 의자에 동그마니 앉아있던 두 남매, 나의 이혼을 말리러 온 오빠와 언니까지도, 나의 말을 다 듣고 나서, 언니는 눈물까지 글썽이며 왜 그런 자초지종을 한 번도 말 안 했냐며 미안해했다. 그런 줄 몰랐노라며, 나보고 고생 많았다고 했다. 그는 이웃사람이나, 누가 볼 때는 내게 극진했고, 눈에 보이는 곳은 때리지도 않았으니까, 아무도 그런 사실을 눈치채지 못했었다.

아침 해가 뜨든지, 하늘이 푸르게 맑든지, 비가 오든지, 꽃이 피든지, 세상이 이렇게 아름다울 수가 있을까? 세상이 이렇게 자유로울 수 있을까? 날개 달린 나비가 그렇게 부러웠는데, 나도 이제 날개옷을 찾았다. 자유는 날개의 또 다른 이름이었을까?

그런데 그 인간도 기분 좋은 나날을 보내고 있을까? 자기의 이상형이라니, 깨가 쏟아지겠지, 추석에 다녀온 아이들이 놀람이 가시지 않은 얼굴 표정으로 말했었다.

"엄마, 빨래걸이에 여자 속옷이 걸려 있어서 깜짝 놀랐어, 그런데 아빠 입이 귀에 걸렸더라!"

"그래? 정말 다행이구나!"

'축하해! 타임머신 타고 온 조선시대 남자여!'

행복하다니 나는 진심으로 그에게 축복을 빌었다.

"얘, 추석 때나 설 때, 그 여자 선물도 꼭 사 갖고 찾아가라. 니아빠 것만 사지 말고."

아이들에게 추석, 설날, 어버이날, 생일에 꼭 찾아가 보라고 당부하는 내가 웃기긴 하다. 그와 나 사이의 좋은 일은 단절되었지만, 나쁜 감정은 이어질 수 있는 일. 아이들이 이혼한 것은 아니니까. 짐짝 같은 그 인간을 가져간 고마움에 대한, 나의 애프터서비스랄까. 그도 여자에 대한 이해도가 좀 생겼겠지. 나한테 하는 것처럼 하면 어떤 여자가 붙어살까. 아들의 연말정산 카드 내역에 아빠가 정신과 병원에 보름이나 다녔다고 했다. 아마도 내게 했던 것처럼 그 여자에게 했다가, 병원 치료 받지 않으면 못

산다고 했을까? 하여간 그 버릇 이젠 개 줄 때도 됐는데. 나이 들면 성질도 갈고 닦아야지.

"조선에서 온 남자여! 제발 그녀랑 행복하게 살아요."

나는 고마운 그녀에게도 복을 빌었다.

"고마워요, 당신도 행복하게 잘 살아요. 당신은 나의 은인이에요!"

제2부 불꽃놀이

불꽃놀이
사랑한다 말하지 않아도
주홍 글씨

불꽃놀이

 비행기가 김해 공항에 착륙했다. 여객기에서 나를 포함한 사백여 명의 승객들이 한꺼번에 쏟아져 대합실로 빨려 들었다가 밖으로 빠져나와 뿔뿔이 흩어졌다. 팔월의 태양이 아스팔트 위에서 지글지글 끓었다. 십 수 년만의 더위라는 폭염에 사물의 경계는 흐물흐물 고아져 한 덩어리가 되고 말 듯했다. 열 시가 조금 넘은 시각인데도 더 서 있다가는 발이 녹아서 땅에 붙어 버릴 것 같았다.

 처음부터 태종대에 있는 갤러리에서 전시회를 열자고 우긴 것은 나였다. 그를 초대하고 싶었기 때문이었다.

 눈과 석탄의 고장에서 자란 나의 눈에 먹물의 농담으로 사물을 표현하는 수묵화는, 바로 내 추억의 사진첩 같은 친근감이 느껴져서 시작하게 되었다.

 "그림을 아무리 잘 그려도 그림 옆에 시 한 수 써 넣어 봐, 못 쓴 글씨는 그림의 품격까지 떨어뜨리거든."

 선배의 조언도 있고 해서 서예를 먼저 시작했다. 한 번 갈았던 먹물로 두 가지를 하면 부담스럽지 않을 것 같았지만 그건 초보자인 나의 생각이었고, 수묵화는 서예에서 쓰는 먹과는 달랐다.

두 가지의 먹을 갈아대기 귀찮아 그만둘까 했지만, 수묵화의 여백에서 볼 수 있는 여유와 해방감 같은 것이 좋았고 정신세계를, 내가 정신세계라고 표현할 것까지는 없지만, 지워지지 않는 내 마음을 담아내기에 오히려 최적인 것 같았다.

석탄과 눈, 흑과 백, 그리고 그 여름밤의 별은 내 영혼 속에 각인되어 있었다. 별을 좋아한다고 서예 선생이 지은 호號 역시 은하수를 이른다는 '서하西河' 였다.

그런데 마중을 나온다던 그는 보이지 않았다.

사람들은 이미 다 빠져나가고 주차장에 세워 놓은 차들이 햇빛에 반사되어 눈을 찔렀다. 새털구름이 간간이 떠 있는 파란 하늘에서 태양이 작열했다.

오늘 비가 온다니? 요즘은 일기예보도 믿기 어렵다. 손으로 해를 가리고 사방을 두리번거렸다. 멀리에서 바쁠 것 없이 천천히 걸어오는 남자가 있었다. 사람은 세월이 흘러도 잘 바뀌지 않는 것 같다. 그의 옛날 별명이 '조천천'이었으니 아직 그 별명은 유효할 것 같았다. 금방 그일 것 같다는 짐작이 가자 나는 한쪽 팔을 높이 들어 흔들었다. 그는 녹색 모자를 쓰고 검은 선글라스를 쓰고 있었다. 이 더운 날 양복의 소매를 둥둥 걷어서 입고 모자를 쓰고 운동화를 신고 있었다. 한눈에 봐도 차림새가 이상했다. 양복을 입지 말든가, 입었으면 모자를 쓰지 말든가, 뭔가 어색하고 조화로움하고는 거리가 멀었다. 그의 차가 주차된 곳까지 걸어갔다. 이리저리 둘러봐도 그가 타고 왔음직한 차는 보이지 않았다. 그는 구석진 소형트럭 옆에 있던, 꼬마자동차의 문을 열었다. 번쩍이는 광고스티커로 도배를 하다시피 차 전체를 덮고 있었다. 말썽꾸러기 십대들이 타고 다닐 것만 같은 요란한, 작은 자동차였다.

"어서 타자, 너무 덥다."

난 주위를 둘러보고 다시 한 번 차를 보았다. 그의 덩치와 차의 크기는 정말 어울리지 않았다. 그는 나를 어제 보고 오늘 또 보는 사람처럼 무덤덤한 표정이었다. 차 문이 탁, 하고 닫히자 켜놓은 에어컨 때문에 차 안은 시원했으나, 땀 냄새도 아니고 음식 냄새도 아닌, 정체 모를 냄새가 났다. 공간이 작아서 그런지 숨이 막히고 답답했다. 그는 묻지도 않았는데 자기의 차가 아니라 직원의 차라고 말했다.

그는 노래를 잘 불렀다. 주먹만한 별이 좁은 하늘에서 떨어질 듯 반짝이는 밤, 그는 푸치니의 '토스카' 중 〈별은 빛나건만〉을 불렀다.

"노래를 들었으면 답가를 해야지?"

"난 그런 노래 잘 모르는데요."

"너는 이 노래를 부르면 되지, '사랑의 묘약' 중 '남몰래 흐르는 눈물."

"난 라나에로스포 노래 〈사랑해〉 이 노래는 아는데□."

"치아라 마, 답가도 내가 하는 게 낫겠다."

그는 아리아 두 곡을 혼자 불렀다.

그날 밤의 별은 오랫동안 내 가슴에도 빛나고 있었다.

오후부터 눈발이 날리더니 눈송이가 제법 아기 주먹만 해졌다. 이미 내린 눈 위에 소리 없이 더 쌓여갔다. 산이 높은 고을이지만 간혹 편편한 밭뙈기도 있었다. 추수를 끝 낸 밭에 내린 눈으로 스키장 같이 변한 곳을 손으로 가리키며 올라가 보자고 했다. 길가에 오토바이를 세우고 걸었다. 발자국이 길게 우리를 따라왔다.

언덕배기에서 검은 옷을 입은 우리는 큰대자로 같이 누웠다. 하얀 화선지 위의 수묵화처럼.

"내가 정신 나간 놈 같네."

'내가 미쳤나봐, 정신 나간 사람의 오토바이를 타다니?'

나는 아주 작은 목소리로 말하고는 도망치듯 먼저 눈밭을 대굴대굴 몇 바퀴 굴렀다. 그도 같이 굴러 내려왔다. 온몸에 눈이 하얗게 묻은 채 편평한 곳에 멈추었다. 그는 나의 손을 잡아 일으켜 주었다. 처음 잡아 본 남자의 손, 날씨는 차가웠지만 그의 손은 따뜻했다. 얼굴이 달아오르는 건 날씨가 추워서인지, 처음 잡아 본 손 때문인지 모르겠다. 둘 다일수도 있고 짝사랑의 시발점일 수도 있었다.

그는 가죽 장갑으로 나의 옷에 묻은 눈을 털어내고, 한 쪽 무릎을 세우고 앉아 내 신발의 풀어진 끈을 새로 매 주었다.

언니네 집이 서울로 이사를 온 지도 몇 년이 흘렀고 또 다시 겨울이 왔다.

대문 밖에서 오토바이 소리가 멈추고 "전보요" 하고 소리쳤다.

"금란다방 오후 다섯 시." 그가 보내 온 전보였다.

종각 옆 금란 다방에는 항상 손님이 북적거렸다. 존 레논의 예스터 데이가 흘러나왔다. 그는 인디언 핑크 넥타이가 잘 어울리는 회색 양복을 입고 있었다.

"오늘 결혼식이 있어서 올라 왔다. 별일 없지?"

"있기도 하고 없기도 해요."

그는 담배 연기를 길게 한번 뿜어내고 말을 잇는다.

"인생이 꼭 결혼을 해야만 잘 사는 것은 아니잖아?"

결혼이라는 말은 꺼내지도 않았는데 대답하듯 말했다.

밖으로 나온 우리는 말없이 그냥 걷기만 했다. 그새 눈이 내리고 있었다. 종로 5가까지 와서 지하철을 타러 계단을 내려갔다.

청량리로 가는 전철이 들어오는 불빛이 보이자 그는 나의 손을 잡았다가 놓으며 말했다.

"가지 마라."

난 습관처럼 고개를 끄덕였다.

그리고 십수년, 그가 죽었는지 살았는지 소식도 모른 채 흘러갔다.

수묵화의 여백은 일탈을 꿈꾸는 나에게 영혼이 쉴 수 있는 여유와 그것에 몰입해 있는 동안, 틀에 박힌 생활에서 자유와 해방감을 주었다.

어느 날, 일주일에 두 번 나가는 수묵화 교실에서 같이 시작한 동인과 이야기 중에 우연히 그녀의 오빠가 K고 출신이라는 사실을 알게 되었다.

"오빠에게 부탁해서 좀 찾아 봐 줄래요?"

"누군데 그렇게 간절하게?"

그녀는 더 이상 묻지 않았다. 그리고 이 주가 더 지났을 무렵, 그의 전화번호를 알려 주었다. 막상 번호를 받고 보니 마음과는 달리 선 듯 숫자에 손가락이 가지 않았다. 연년생의 두 아들이 고등학생이 된 지금의 현실에 갑자기 그가 뛰어 든다는 것은, 무엇이 튀어 나올지도 모를 판도라의 상자를 받은 것 같았다. 보름이나 망설였다.

어려움이 있을 때마다 버팀목이기도 했던 추억, 언젠가는 만날 수 있을 거라는 그 희망으로 어려운 시간들도 다 극복했던 지난

날이 있었다. 그런데 왜 마음과는 달리 행동은 따라주지 않을까? 몸이, 손가락이 움직이지 않았다.

전화는 볼일 있는 사람이 걸어 올 때 받는 것쯤으로 평범하게 보이던 그 물건이 그 날 이후부터는 예사롭게 보이지 않았다. 번호만 누르면 그의 목소리가 들려오는 통로였다. 하지만 악마의 주문보다 더 강력하게 내 날개옷의 신비가 사라져 버리게 하는 아이들이 있었다.

소식을 알면 달려갈 마음으로 산 것이 십 수 년, 하지만 이젠 신비가 사라진 날개옷이었다.

모두 포기해야겠다고 생각하니 살아갈 의미가 없어진 것 같았다. 나는 툭하면 빨래를 삶다가 태웠고, 멍하니 창밖을 바라볼 때가 많아졌다. 만난다는 것은 너무 복잡해서 그만 접어야겠다고 생각했다. 그래도 그냥 목소리라도 들어 볼까? 거듭 생각하다가 묘안이 떠올랐다. 노래를 녹음해서 보내 달라고 하면 되겠다고 생각했다.

그는 나의 부탁을 거절하지는 않았다. 일주일이 지난 어느 날 우체부 아저씨는 소포에 사인을 하라고 했다. 테이프를 들고 들어 온 나는 오디오에 집어넣고 돌려보았다. 엘비스 프레슬리의 〈러브 미 텐더〉가 흘러 나왔다. 모두 열 세곡이 들어 있었다. 그는 노래를 삼십오 분이나 부르느라 목이 까칠해졌다고 말했다. 그러나 내가 듣고 싶어 하던 노래는 아니었다. 노래방에는 그런 노래가 없다는 것이었다.

전화를 하지 않기 위해 테이프를 부탁했는데, 목소리를 듣다 보니 점점 더 만나고 싶어졌다. 하지만 그것은 마음뿐, 실행에 옮기기에는 너무 먼 거리였다. 그가 현재의 시간 속으로 내 삶에 끼어들면 어떤 회오리에 말려들지도 모를 불안도 나의 발목을 잡아맸다.

번민과 인내의 나날 속에 또 해가 바뀌었고, 그냥 한 번만, 얼굴이라도 봐야겠다는 쪽으로 기울었다.

녹색 모자를 눌러 쓰고 시커먼 선글라스를 끼고 있는 그를 흘깃거리며 훔쳐보았다. 사실 나도 약간의 주름살이 생기기 시작한 얼굴을 그에게 정면으로 보이기 싫기는 했다. 나보다 더 많이 변한 그는 키가 줄어 든 것 같았다. 배도 많이 나왔다. 얼굴에는 잡티가 늘었고, 목의 주름살이 눈에 띄었다. 시커먼 선 그라스 때문에 전체적인 것은 볼 수 없었다. 그런데 아까부터 다리가 후들 거렸다. 그리고 무엇보다 침이 마르고 속이 불편했다. 밥 먹은 지도 한참 지났는데 갑자기 딸꾹질도 나왔다.

'많이도 변했네, 딴사람 같아, 배는 왜 저렇게 나온 거야!'

목소리만 옛날과 비슷했고, 겉모습은 길에 지나가면 얼른 알아보지도 못할 만큼 달라져있다.

'담배를 피우는 모습이 멋있었는데……'

"내 젊은 연인을 위하여 삼십 년 피우던 담배를 끊었지."

내 얼굴에 글자라도 씌어 있는 걸까. 오래 살다보면 도가 통해서일까. 마치 대답을 하는 것처럼 그가 말했다. 하지만 '연인'이란 말이 나에게 몹시 생경스럽게 들렸다.

"오래 살아야지, 너를 위해서."

'어윽.' 늘 먹던 음식에 낯선 양념이 들어간 것처럼 비위가 상했다. 너무 보고 싶었는데 왜 이럴까? 집에서 싫증 날만큼 듣던 말 같아서일까? 나는 남편에게 '사랑한다.'는 표현을 한 번도 해 본 적이 없었다. 아무 감동 없는, 그런 말이 듣기 싫었기 때문에 나도 하지 않았다. 난 사랑한다는 말만 들으면 자동으로 속이 울렁거렸다. 느끼한 음식 같다고나 할까? 사랑은 가슴으로 해야지, 말로 하는 건 아니라는 생각 때문이었다.

해운대 쪽으로 자동차를 달렸다. 달리는 중에 그는 흘끔 룸미러로 나의 표정을 살폈다. 그러더니 어제 보고 오늘 또 보는 연인처럼 슬그머니 손을 잡았다. 축축하다. 그가 갑자기 길 가의 한쪽으로 자동차를 급하게 세웠다.

"어억! 뭐 하려고요?"

갑자기 나의 어깨를 와락 잡아 제치고 으스러지게 조여 왔다. 난 호흡이 막혀 반사적으로 그를 힘껏 밀어제쳤다. '이거, 집에서도 그 인간이 말도 없이 자기 장난감 만지듯 하는데, 이 사람도 같은 거야?' 에어컨이 세게 돌아가고 있는데도 그의 손은 물기가 있었다. 웬일일까? 오싹하다. 슬그머니 손을 빼고 바로 앉았다. 뺨에 소름이 돋았다. '이게 아닌데.' 뭔가 다른 쪽으로 흘러가고 있었다.

그와 포옹하는 꿈을 여러 번 꾸었었다. 그 때마다 황홀했었는데, 그런데 웬일인지 지금 그의 행동이 너무 생경스럽게 느껴지고 어색하기 짝이 없었다. 지금껏 내가 그리워하던 것이 바로 이런 상황이었나? 광고스티커로 도배를 한 꼬마자동차 안, 남녀가 부둥켜안고 있는 영상이 내 머릿속에서 영화 장면처럼 떠오른다. 갑자기 울컥, 돌아가고 싶어졌다.

그는 아무 일도 없는 양 다시 차를 몰았다. 주차장에 차가 별로 없는 조용한 식당에 차를 세우고 들어갔다.

난 그가 나의 지난날 어떻게 지냈으며, 무슨 생각을 하며 살아왔는지 다정하게 물어주는 그의 관심이었다. 눈 오던 언덕배기 아래에서 신발 끈을 매 주던 그때처럼 자상한 그를 상상했었다. 배경은 달라졌지만 그래도 경치가 좋은 바닷가나 커피숍이라도 가서 커피 잔을 들고 대화하는 그림을 상상했는데, 그러나 그는 나의 지난날엔 관심도 없었고, 주변 환경엔 신경도 쓰지 않았다. 더구나 내게 묻지도 않고 뜨거운 음식을 시킨 것도 마음에 들지 않았다.

식당 아주머니가 음식을 날라 왔다. 내게 묻지도 않고 보글보글 끓는 복지리탕에서 김이 올랐다. 그가 모자를 벗었다. 선글라스에 김이 서리는 것 같았지만 그는 뜨거운 국물을 떠먹으면서도 그것은 벗지 않았다. 그런 걸 모를 사람이 아닌데……. 몇 번 망설이다 입에 걸린 말을 했다.

"왜 선글라스를 안 벗고 밥을 먹죠?"

"궁금하지?"

그러면서 밥을 다 먹었는데도 벗지 않았다.

"좀 벗어 봐요."

"안 보는 게 좋을 거다, 쌍꺼풀 수술했거든, 나도 좀 젊어져야 안 되겠나?"

"전시회 오픈에는 안 오실 거예요?"

"난 그림은 봐도 모른다. 그리고 선글라스를 쓰고 그림 감상하는 사람이 어딨노?"

"예? 왜 하필 이 때에 쌍꺼풀을…."

"저녁에는 시간이 나겠네?"

흰 눈 위에 누워있던 남녀의 한 컷은, 오래도록 나의 뇌리에 남아 있었다. 그 블랙 앤 화이트가 수묵화를 하게 된 이유가 되었고, 검은 먹물의 농담만으로도 아름다움을 표현할 수 있는 그림에 내 마음을 담았다. 아픔과도 같았던 그리움, 지난 내 시간을 그림으로 말하고 싶었는데. 전시회 따위는 그의 관심에 없었다.

먹은 밥알이 다 곤두섰는지 속이 더부룩했다.

"끝나거든 꼭 전화해라, 데려다 줄까?"

나는 그의 차를 타기 싫었다. 차에서 내릴 때 혹시라도 동인들의 눈에 뜨일까봐 더 싫었다.

"아니요, 이 근처에서 아는 사람과 만나기로 했어요, 그럼 먼저 가세요."

'조천천'이 스티커로 덕지덕지 도배를 한 꼬마자동차를 타고 사라졌다. 내가 이 근처에서 아는 사람과 만나기로 했다는 것은 거짓말이었다. 더 이상 같이 있고 싶지 않았기 때문이었다. 배가 나온 남자와 스티커로 도배를 한 자동차, 그의 치든 아니든, 참 안 어울리는 조합이었다. 일행과 만나기로 한 시간까지는 아직 두어 시간 남았다. 마음이 심란했다. 그를 만날 희망으로 인내하며 살아온 지난날이 허무해졌다. 난 바람을 쐬고 싶어 지나가는 택시를 불렀다.

"바다가 보이는 곳으로 드라이브 해 주세요."

여름날의 저녁, 파란 하늘에 높게 뜬 새털구름이 사라지고 검은 구름이 무겁게 내려앉아 수평선이 보이지 않았다. 태풍의 끝이라 일기예보가 맞으려나?

난 몇 번이나 전화기를 만지작거렸다. 그래도 여기까지 왔는데 내가 너무 냉정했나? 전화를 걸어볼까? 말까?

파도가 흰 꽃처럼 부서지는 해변을 혼자 걸었다. 신발을 벗어들고 맨발로 바닷모래를 발로 차며 걷노라니 더위가 점점 가셨다.

바지 단이 바닷물에 젖고 모래가 들어가서 무겁다.

"딱 따 닥!"

갑자기 저 멀리 바다 위에 떠있던 배에서, 밤하늘로 불꽃이 올라간다. 불꽃놀이를 하려나보다.

"우와!!......." 펑! 펑!…….

파도소리와 해변에 더위를 식히던 사람들의 함성이 뒤섞여 효과음처럼 들리고, 불꽃은 하늘로 꼬리를 흔들며 올라가, 번쩍하고 벌어진다. 검은 바탕위에 화려한 별무늬가 무수히 꼬리를 늘이며 뿌려진다. 예전 그 여름밤의 별도, 하늘로 올라가던 불꽃의 섬광도, 내 가슴 속에 견고했던 추억의 성도, 모래성처럼 허물어져 내렸다.

난 전화를 하지 않기로 마음을 바꾸었다. 그를 한 번만이라도 보면 해갈이 될 것 같던 지나간 시간도 있었다. 어디에서 뭘 하고 사는지 알 길 없던 그때보다, 지금 내 마음은 물밑으로 더 가라앉았다. 그는 왜 낯선 사람처럼 느껴졌을까? 터프한데 지적이며 멋을 아는 남자라고 알고 있던 그는, 내 상상 속에서 키워냈던 허상이었을 뿐이었다.

밤바다의 파도가 하얗게 밀려오는 가장자리에 다리를 펴고 털썩 주저앉았다. 모래가 따뜻했다. 갑자기 습기 머금은 바람이 불어왔다. 좀 전까지 하늘에 떠 있던 구름이 얼굴에 빗방울로 와 닿았다. 일기예보가 맞힐 때도 있네? 온다고 했으니까 오는 건 당연하겠지. 잊을 때가 지났으니 잊는 건 당연하겠지? 밀려왔다가 밀려가는 하얀 파도처럼.

불꽃놀이가 막 끝나 경계를 구분할 수 없는 수평선은, 눈 간 데 모두가 먹물 같은 어둠이 누워 있다. 하늘도, 바다도, 나와 그도, 여백이 사라진 화선지처럼

사랑한다 말하지 않아도

'송혜희를 찾아 주세요.'

몇 년 전부터 건널목 여기저기 붙어있던 '송혜희를 찾아 주세요.'라는 현수막. 고교생 딸을 잃어버린 아버지가 이십 수년 전국을 찾아다니다가 어제 교통사고로 세상을 떠났다는 TV 자막이 지나갔다. 잊을만하면 새로운 현수막이 붙어 있어서 속으론 죽지 않았을까? 하고 생각하며 보던 현수막, 부모가 자식을 잃어버린다는 건 아마 죽기 전에는 못 잊을 일이 될 것이다.

내가 아주 어린 시절이었다. 그리 긴 시간이 아닌 한나절 없어졌을 때, 나를 찾던 엄마가 떠올랐다. 내가 아주 어렸던 날에는 사탕 가게를 하는 집에 살고 싶었다. 사탕 가게 아주머니가 '너우리 딸 할래?' 라고 물었을 때 나는 망설임 없이 고개를 끄덕였다. 아주머니는 매일 굵은 설탕이 묻은 알사탕을 준다는 것이었다. 그리고 나보다 조금 더 큰 그 집 아들이 타던 세발자전거도 타게 해준다는 것이었다. 한참을 그렇게 아주머니와 놀고 있었는데 엄마가 나를 찾는 소리가 들렸다. 아주머니는 나를 얼른 벽장 안에 숨으라고 했다. 엄마가 사탕가게 안으로 들어와서 나를 보았느냐고 묻는 소리가 들렸다.

"우리 셋째 딸 못 봤어요?"

나는 컴컴한 벽장에서 나가지 않았다.

"뭘 그렇게 찾아 다녀요? 딸도 많은데, 셋째 딸은 우리 딸 하게 주세요."

"아니, 무슨 소리를 그렇게 해요? 아이들 아부지가 알면 큰일 나요."

농담인지 진담인지 말을 건넸다가 아주머니는 무안을 당하고는 눈짓을 했는지는 모르나, 엄마가 벽장문을 드르륵 열었다. 나는 엄마에게 끌려나와 집으로 돌아오고 말았다. 엄마는 분이 안 풀렸는지 아주머니에게 한차례 더 쏘아붙였다.

"자기도 아이를 키우면서, 부모가 눈이 시퍼렇게 살아있는데 아이가 물건도 아니고 뭔 남의 딸을 달라는 농담을 해!"

엄마는 내 손목을 힘껏 잡아당기며 가게를 나왔다. 나는 엄마 걸음을 따라가려 종종걸음을 하며 따라갔다. 엄마는 꿀밤을 한 대 먹이며 말했다.

"또 이런 짓 할 거야? 엉? 온 동네를 한참을 찾으러 다녔잖아!"

"으앙~ 나 아줌마네 집에 갈 거야!"

"아이고, 요 어린것이 뭣에 홀렸나봐? 남들이 꼬여내면 다 넘어 가겠네!"

엄마에게 혼이 난 후론, 난 사탕 가게에 가서 사탕을 사면 바로 나왔다. 나오다가 문 앞에 세워져 있는 세발자전거 손잡이를 한 번 만지다가 그냥 돌아섰는데, 내 맘을 알았는지 그 아줌마는 내게 세발자전거를 타도 좋다는 허락을 했다. 그 후, 우리 집은 다른 고장으로 이사를 했고 사탕 가게 아줌마를 만나는 일도 없어졌다. 하지만 엄마는 나를 가끔 진짜처럼 놀려서 간이 콩알만 해졌다.

"니 엄마가 순흥청 다리 위에서 풀빵 장사를 하는데 너를 꼭 보내라더라. 이쁜 색동저고리도 해놓고 과자도 사놓고 기다린대"

"안 갈 거야!"

거짓인지 진실인지 모를 말을 자주 들어서 난 퉁명스럽게 대답했다.

엄마는 나를 찾던 몇 시간이 트라우마로 남은 것인지, 잊을 만하면 한 번씩 그런 말을 했다. 어느 해, 여름 해가 뉘엿뉘엿 넘어가고 있었는데 엄마는 또 정색하며 말 했다. 표정도 엄하게 굳어서 몰아쳤다.

"빨리 가라, 해 지기 전에!"

나는 눈물이 나왔다. 내 엄마인 줄 알았는데 저렇게 그러는 걸 보니 진짜엄마가 아니었나봐? 하늘이 무너지는 것 같았다. 앞이 캄캄했다. 언제나 내 편을 들어주는 아버지가 오시나 마당 밖을 봤지만 아버지의 기척은 없었다. 그래도 어둡기 전에 가야하니까 방에 들어가서 조그만 보따리를 싸서 들고 나왔다.

"아니, 이것이 어렸을 때 그렇게 혼나고도 또 그런 말을 믿어?"

"그럼 진짜가 아니야?"

난 배신감에 해 저문 마당에 퍼질러 앉아 엉엉 울었다.

그해 겨울이었다. 대구에서 모포공장을 한다는 8촌 오빠 되는 사람이 우리 집에 방문했다. 나이가 아버지만큼이나 되어 보이는 늙은 오빠였다. 그 오빠라는 사람은 나에게 용돈도 주고 다정하게 대해 주었다. 엄마는 그 늙은 오빠가 갈 때까지 밥 때마다 맛있는 반찬을 상위에 올렸다. 또 후식으로 큰오빠가 가져온 깡통에 든 분말커피를 큰 사발 대접에 타서 대접했다. 엄마는 나에게도 묽게 탄 커피를 복福자가 쓰인 작은 막걸리 사발에 담아 주었는데 그 향기가, 삼각 비닐에 든 오렌지 주스 같은 맛이 아닌 전에 한 번도 맡아보지 못했던 씁쓰레 하면서 묘한 끌림이 있는 향기였다. 약간 씁쓰레한 것에 설탕을 타서인지 달달한 맛이 좋아 꿀꺽꿀꺽 쭉 소리가 나게 다 마셨다. 그 커피 향은 오랫동안 내 기억 저쪽에 남아 있었다. 그 늙은 오빠라는 사람이 가기 전날 아버지에게 말했다.

"아재는 딸이 너(넷)이나 되니, 한 명만 제 양딸로 주소. 지는 시커먼 아들만 둘 있고 보이 딸 있는 집이 부럽데요. 지가 델꼬 가서 공부도 시키고 시집도 보내고 할게요."

아버지는 단박에 자르기 뭐했던지 잠시 뜸을 들이다가 좀 나무라는 투로 말했다.

"아들을 양자를 들이는 일은 있다지만, 부모가 눈이 시퍼렇게 살아있는데 누가 딸을 양녀로 보내는가? 나는 딸이 너이(넷)이 지만 한 번도 많다고 느껴본 적이 없어여, 굶어도, 먹어도, 내가 데리고 있어야지, 저렇게 어린 것을 어떻게 남을 주는가? 안 될 말이네!"

"내가 남이요? 그럼 자 한테 물어볼까요?"

나를 가리키며 늙은 오빠가 말했다.

"니 우리 딸 할래? 이쁜 옷도 사주고 맛있는 과자도 사 줄게. 같이 갈래?"

"예!"

왜 그 말이 그렇게 쉽게 입에서 툭 튀어 나왔는지 모르겠다. 그때 나는 힐끔 엄마를 쳐다보았는데 엄마의 눈 흰자위를 보았다. 엄마는 종종 니 엄마는 순흥청 다리 위에서 풀빵 장사를 한다는 말을 내게 했었기 때문에, 지금 엄마가 내 엄마가 아닐지도 모른다는 의심이 늘 마음속에 있었다. 그래서 그 대답이 쉽게 나왔는지도 모르겠다. 나는 엄마에게 또 크게 혼나고 말 것 같아, 이번엔 진짜로 따라가야겠다고 순간적으로 느꼈다. 엄마는 아무 말도 하지 않고 있었지만, 그 오빠라는 사람이 가고 나면 크게 혼쭐이 난다는 것을 직감으로 알아차렸다.

"어이고~ 이제 농은 고만하고 열차 시간 다 돼가니 일어서세, 내 역까지 바래줌세,"

아버지는 농담으로 돌리며 먼저 일어섰다. 아버지는 어린 시절

할아버지가 돌아가시고 안 계셔서 집안의 가장이 되어 농사일을 하셨다고 한다. 농경사회에서 힘을 쓰는 아버지가 없을 때 그 자식이 얼마나 고생을 하는지, 알고 계셨던 것이다. 더구나 남의 집에 가서 사는 일은, 얼마나 더 외롭고 서러운지를 짐작하셨던 것 같았다.

"나중에 우리 집에 꼭 놀러 온나, 어이?"

그 오빠라는 친척은 내게 미련을 보이며 그렇게 자기 집으로 돌아갔다. 우리 집 식구들은 마을 어귀까지 따라가서 공손히 인사했다. 우리 오빠도 까마득히 나이 차이가 나는데, 그 늙은 오빠는 할아버지 같아서 오빠라는 말이 나오지 않아 나는 아저씨라고 불렀다.

"아저씨, 또 언제 오셔요?"

"니가 방학 때 우리 집에 놀러 온나."

나는 그 말을 하면서 또 엄마를 힐끗 보았다. 엄마의 입이 굳은 것처럼 보여 나는 얼른 고개를 돌렸다. 무서워서 보기 싫었다.

그리곤 까마득히 잊고 살았다. 세월이 흘러 나에게도 딸이 생기고 그 딸도 나처럼 빨빨거리고 잘 없어졌다. 어느 날 외지의 공중탕에서 목욕을 마친 후, 내가 옷을 다 입기도 전에 딸이 신발을 달라며 졸랐다. 딸이 신발을 신는 모습까지는 보았는데 내가 옷을 다 입은 뒤에 딸에게 눈길을 돌렸으나 옆에 있어야 할 딸이 없었다. 내가 탕 속을 살피자, 목욕하던 사람들이 말했다.

"아무리 정신이 없어도 그렇지, 애기가 탕 안에 있겠어요? 애가 물속에 빠졌으면 여기 눈들이 이렇게 많은데 눈에 띄지 않겠어요? 아가들은 주욱 곧은길로 가는 습성이 있으니 나가서 찾아봐요."

증발해버린 것처럼 없어진 딸을 정신없이 찾았다. 황망해서 정신을 못 차리는 내게, 벌거벗은 탕 속의 손님들이 조언을 했다. 목욕탕 밖에서 기다리고 있던 남편도 아이를 보지 못했다고 했다. 둘이 허둥거리며 온 시내를 뒤졌지만 그림자도 없었다. 목욕하러 왔다가 멀쩡한 딸을 잃어버리다니! 마지막으로 경찰서와 방송국에 가서 도움을 청하는 수밖에 없다고 생각할 때 쯤, 각자 헤어져 찾자고 했고, 한 시간쯤 지났을 때 남편이 먼저 딸을 찾아서 안고 왔다.

딸은 걸음을 겨우 걷기 시작했을 때도 이미 한 번 없어진 이력이 있었다. 그때도 동네를 다 찾았지만 없어서, 아궁이 속까지 들여다보았었다. 저녁 무렵 집으로 돌아오는 이 사람 저 사람에게 물었다.

"우리 딸 못 보았어요?" 하고 묻자, 애기가 저 작은 고개 넘어가는 길목에 있길래, 엄마가 가까운 곳에 있는 줄 알고 안 데리고 왔다며 그들은 장터로 넘어가는 길을 가리켰다. 한참을 걸어가자, 딸은 기저귀도 길가에 흘려놓고 아장아장 걸어가고 있었다. 이번이 두 번째 없어진 것인데 이곳은 인구도, 자동차도 훨씬 많아 막막했던 것이다. 난 애타게 딸을 찾던 마음은 순식간에 사라지고, 남편에게 안겨있는 세 살 된 딸의 따귀를 한 대 때렸다. 그런데 그 때, 다 잊었던 옛날의 내가 떠올랐다. 나는 엄마에게 '사랑한다.'는 보드라운 상위어는 들어본 적이 없었다. '사랑한다.'의 숱한 하위어 중 그 말이랑 연결된 말인지도 모를 이 말만 예방주사 맞히듯 하는 말을 자주 들었다.

"니는 누가 맛있는 것을 사준다면, 엄마도 버리고 또 따라 갈 거지?"

내가 없어지는 상황을 가정하고 잊을 만하면, 한 번씩 묻곤 했었다. 얼마나 가슴이 덜컥 내려앉았으면 두고두고 그러셨을까. 이제야, 내가 늦게 집에 돌아오면 도끼눈을 하고 야단치던 엄마의 행동이 이해가 되었다. 자꾸 그런 말을 해서 내가 잊지 않도록 하려고, 순흥 청다리 위 풀빵장수를 들먹였던 것 같다. 딸을 잃어버렸던 그날, 예전의 내가 저절로 떠올랐는데 엄마가 내게 얼마나 배신감을 느꼈을지, 지나간 일이지만 미안했다.

'엄마, 그때는 정말 죄송했어요.'

나는 수십 년 된 사죄를 입속으로 되뇌었다.

그때 나의 아버지가 허락해서 그 늙은 오빠를 따라갔더라면, 나에게 어떤 인생이 펼쳐졌을까? TV나 사건사고를 다루는 미디어에서 의붓 아버지가 성폭행을 하고 어쩌고 하는 기사를 볼 때가 있다. 아마 내게도 그런 끔찍한 일이 안 생겼으리라고 장담을 할 수 있을까? 이제 보니 엄마는, 어린 내게 이해 못할 이야기를 하느니, 예방주사 맞히는 것처럼 종종 재현을 했던 것, 역시 내가 엄마가 되어보니, 내 엄마의 그 심정을 충분히 알 수 있겠다. 가끔 내가 늙은 오빠에게 양녀로 갔더라면 내게 펼쳐졌을 또 다른 인생에 대해 상상해 보곤 한다. 그것이 지금의 나보다 결코 나았을 것 같지는 않다는 것이다. 딸이 넷이나 되었던 우리 집, 한 입이라도 덜면 더 나은 생활을 할 수 있었던 그 시대에 예사로 있었던 일이었다. 그래도 엄마, 아버지가 나를 양녀로 보내지 않고, 엄마, 아버지의 딸로 살게 했던 것이 얼마나 다행한 일인지, '사랑한다.' 말하지 않아도 충분히 그 마음 알 수 있겠다.

"니는 누가 맛있는 것을 사준다면, 엄마도 버리고 또 따라 갈 거지?"

엄마의 섭섭하고 미웠던 이 말이 사랑한다는 또 다른 표현이라는 것, 수십 년이 지난 뒤에야 알았다.

주홍 글씨

그녀가 남편을 두고 열애에 빠져 있다는 소문이다.

이야기는 바람처럼 날아다니며 부풀려져 여기저기에서 그녀의 이야기로 쑥덕거렸다. 남편 친구 부인인 그녀는 누가 보아도 날씬한 몸매에 거부감을 주지 않는 인상을 지닌 세련돼 보이는 사십대의 아줌마다. 싹싹해서 붙임성도 있고 부지런하다. 잠시도 엉덩이를 붙이고 앉아있지 않고 쓸고 닦으며 세탁을 하면서도 화초에 물을 뿌리고 이도 저도 할 게 없으면 긴 손톱이라도 다듬고 매니큐어를 칠하기도 한다. 쉴 사이 없이 얘기하며 그 많은 이야기에도 경우에 벗어난 판단은 들어 본 일이 없다.

그런 그녀가 남편의 바람기 때문에 눈물을 글썽이며 이혼을 하고 싶다고 말했을 때가 있었다. 매일 술과 다른 여자와 많은 시간을 보내고 마이너스 통장을 만들어서 몰래 용돈으로 써 버린 남편에게 실망을 한 그녀는 술자리에 있는 남편만 보면 체면 불구하고 말렸다. 그런데 술을 좋아하던 그녀의 남편이 십 수 년이 지난 뒤 당뇨병에 합병증까지 생겼을 무렵이었다. 말리다 지친 그녀가 달라지기 시작했다. 남편에 대한 기대를 포기해 버렸는지 아니면 자신의 삶을 찾으려 마음을 바꾸었는지 미용기술을 배워 미장원을 차렸다. 그리고 최근에는 무슨 다단계 한약까지 판다는 소문이 돌았다.

돈도 벌고 운전도 꽤 잘하는 그녀가 조그만 B읍이 들썩이도록 소문이 무성했다. 그녀가 외간 사내와 만난다는 소문에 입 달린 남자들은 모두 제일인 양 흥분했다.

'가게는 비워 놓고 어디를 그렇게 다니는지…'

'병든 남편을 두고…'

사람들은 모두 한 마디씩 했다.

아내를 무관심 속에 방치한 결과라고 말하는 사람은 없고 그녀의 온갖 행동을 난도질하는 소리만 무성했다. 소문은 눈덩이처럼 커져서 은행의 모든 빚도 그녀가 잘못해서 생긴 것처럼 사람들은 말했다. 가끔 그녀를 만날 때면 정말 있기나 한 사람인지 물어보고 싶었지만 내가 말을 그 쪽으로 유도해도 통 입을 열지 않았다. 내가 먼저 아노라고 할 수도 없어 모른 체하고 말았다.

그녀의 연인은 어떤 사람일까? 술 마시는 남편을 싫어했으니 술 냄새가 늘 풍겨오는 그런 사람은 아닐 테지. 깨끗한 것을 좋아했으니 하얀 와이셔츠를 깔끔하게 다려서 입고 다니는 사람이 아닐까? 게다가 무관심 한 것을 싫어했으니 다정다감한 논리적인 사고를 가진 사람일 것 같다고 나 혼자 상상의 나래를 펴 보곤 했다.

왜 다른 곳으로 자기의 관심을 돌렸을까. 처음에는 아이 둘과

외딴 집에서 남편을 기다렸고, 나중에는 남편이 잘 가는 술집까지 찾아 나서는 용감성도 보인 그녀였는데 해바라기처럼 되어버린 자신의 모습에, 싫증이 나버렸는지도 모르겠다.

사랑의 환상 속에 있다는 그녀가 때론 스타처럼 보이기도 했다. 궤도를 이탈한 기분이 어떨까, 혼자 멋대로 드라마를 보 듯 상상의 나래를 펴 본다.

하지만 얼마 지나지 않아 그녀가 먹었다는 금단의 사과는 체증을 일으키고 말았다. 그 대가는 혹독했다. 그 누구도 그녀에게 쏟아지는 비난의 화살을 막아 줄 방패가 되어 주지 않았다. 간혹 누가 변호를 하더라도, 그 사람에게 도리어 화살을 꽂는다. 그러니 아무도 드러내 놓고 편들어 줄 사람이 없었다"라고 리뷰에세이적인 서술을 하다가 "먼저 시작한 그녀의 남편과, 그 남자에 대해서는 비난하지 않으면서, 왜 여자만 잘못이고 눈덩이처럼 불어난 빚도 그녀의 잘못처럼 비난하는지?

소설 〈주홍 글씨〉에 나오는 여주인공은 가슴에 A자를 걸고 다닌다. 간통한 여자에게 주어지는 형벌이었다. 그녀의 정부인 목사님은 무심한 듯했으나 그것이 아니었다. 스스로 가슴의 살을 A자로 도려내니 가슴에 피로 A자가 새겨진다. 맨살의 가슴에 '주홍 글씨'를 쓰고 다닌 목사님, 여자와 고통을 함께 하려고 한 감동스런 이야기다. 목사님의 가슴에 피로 새겨진 A자에서 진실

한 사랑의 아픔이 내게도 전해져 그 아릿한 아픔은 내 가슴에 오랫동안 여운을 남겼었다.

 내가 사는 세상에도 그런 남자가 있을까?

 그녀의 연인은, 가까웠던 이들에게 돌팔매질 당한 그녀의 아픔을, 자기 살을 도려 낸 것처럼 아파했을까?

 왜 여자만 아픔을 감당해야 하는가? 빌미를 제공한 사람도 있고 금단의 사과를 같이 먹은 사람도 있는데, 왜 사람들은 여자에게만 돌을 던지는가.

 성경의 한 구절이 떠오른다.

 '누가 죄 없는 자만이 이 여자를 돌로 치라'

제3부 도깨비 시장

도깨비 시장

  시장구경하는 일은 즐겁다. 더구나 남대문 도깨비 시장은 시간 가는 줄 모를 만큼 갖가지 물건들로 채워져 있었다. 나는 길눈이 어두워서 마주쳤을 때 사야지 다음에 와서 그 집을 찾는 일은 미로를 찾는 것만큼 어렵다. 가게 주인은 전광석화처럼 내 눈길이 머문 찰나를 포착하고 이것저것 붙잡고 설명했다. 마음에 드는 디자인이 나를 매료시키고 나는 그것을 사들고 나왔다.

  큰언니가 왔을 때 가방을 보여주며 '이쁘지?' 하고 물었다.

"이뿌네, 그건 얼마야?"

"이십오만원이야, 싸지?"

"뭐가 싸? 먹고 *을 싸니?"

"이거 진짜는 몇 백 해"

"밑에 있는 돈이 숨을 못 쉬냐? 몇 백 주고 그런 걸 사게!"

  언니는 50년 전에나 함직한 표현으로 나를 무안하게 했다. 기분이 구겨져 버린 나는 산 지가 3년이 넘었는데 최근 딱 한 번 들고 나갔을 뿐이었다.

  그래도 오래도록 사랑스런 물건은 명품을 닮은 튼튼한 물건들이었다. 오늘은 친구가 그곳에 가서 산책할 때 낄 토시를 산다고 같이 가자고 했다. 소 팔러 가는데 개 따라 가는 꼴이지만 남이 사는 거 구경하는 것도 재미있어서 따라갔다. 지인이 사는 것을 보기만 하려고 따라 갔는데, 오히려 내가 더 많이 사고 말았다. 나는 '이젠 누구도 따라가지 말아야 되겠다!' 과소비를 하고 나서, 다짐, 또 다짐을 하며 칼날 같은 결심을 하지만, 혼자서도 와 봤지만 사들고 나오는 건 마찬가지였다.

오늘은 휴대폰이 쑥, 잘 들어가는 끈 달린 녹색 가방을 살까하고 갔다. 녹색가방을 찾지 못하고 나오는 길에, 블라우스와 머플러 신발, 핸드폰이 쑥 들어가는 작은 핸드백까지 사들고 나왔다. 거울에 비춰보니 멋져 보였다. 이걸 입고 이번 모임에 가기로 마음먹었다.

사람들이 많이 모이면 알아보는 사람도 있는 법, 지인은 나를 빤히 보더니 카피인간이라고 했다. 뭐 좋다. 이젠 이런 말에 기죽지 않기로 했다. 카피가 왜 나쁜데? 다 이 세상에 있는 것들인데 말이다. 좀 뻔뻔해졌다고나 할까? '카피' 라는 시도 한 편 썼다. 일거양득이다. 색깔이 맘에 들어 자꾸 쳐다보았다. 이젠 그리 부끄럽지 않았다. 내가 좋으면 되는 거지. 법에 저촉되는 일도 아닌데…. 하늘 아래 새로운 것이 뭐가 있다구!

〈카피〉라는 시 중간부분 한 연만 소개하자면

아니, 내 몸도 카피다

아버지와 엄마의 카피
아버지와 엄마도
그 아버지 엄마의 카피였다

 사실 알고 보면 내 몸도 엄마와 아버지의 카피 아닌가? 엄마와
아버지도 그 엄마 아버지의 카피였다. 요즘 거울을 보면 점점 둥
그렇게 변하는 것이 꼭 엄마의 복사본 같다. 겉모습은 엄마의 카
피인데 엄마의 솜씨를 미처 카피하지 못했다. 그렇지만 언젠가
는 엄마의 솜씨도 근사하게 재현해 보리라 다짐했다.
 내 물건들 중에는 드물게 진짜도 있지만 그걸 들고 나가도, 어
디 가면 그걸 살 수 있냐고 묻는 걸 보면, 나는 이미 사람들에게
카피 인간이라고 인증이 된 것 같았다.
 나를 엄마의 복사본이라고 해도 좋다. 이젠 그리 싫지 않다. 엄
마의 겉모습을 카피했으니 솜씨도 카피해 볼 생각이다. 고추장
을 카피해 보기로 했다. 엄마가 하던 순서를 기억을 더듬으며 재
현했다. 다 해서 맛을 보니 비스므리 했다. 드디어 나는 엄마의
솜씨도 카피해낸 건가? 하하하…. 흡족해서 웃음이 절로 났다.
 집에 놀러온 쌍둥이 손님에게 물으니 맛있단다. 오이에 고추장
을 찍어서 맛나게 먹었다. 나는 드디어 솜씨도 복사해 내는 첫걸
음을 떼었다. 남이 카피한 가방을 들고 다닐 때와는 또 다른 기
분, 내가 드디어 엄마의 솜씨를 카피를 해냈다는 성취감으로 한

동안 즐거웠다.

목련이 피던 날

"시간 있으면 차나 한 잔 하자."

오늘 병원에 검사를 하러 왔다며 일 년 만에 전화를 걸어 온 친구는 작년 이 맘 때 간암이었는데 아들의 간으로 이식 수술을 받았다.

'나 오늘 병원 간다.'

그렇게 한 줄의 메일을 남기고 누구에게도 병원을 가르쳐 주지 않은 채, 일 년이 지났다.

수술을 받았다기에 핏기없는 핼쓱한 얼굴의 환자를 상상했었는데 조금 수척해 보일 뿐, 건강해 보이기까지 했다. 친구는 병원 건너편에 있는 공원에서 자판기 커피를 마시면 어떠냐고 했다. 커피를 한 잔씩 뽑아 들고 봄볕이 따사로운 양지쪽 목련나무 아래로 걸어갔다. 나무를 올려다보며 한 모금 마셨다. 살랑거리는 봄의 미풍에 커피향이 향기로웠다. 목련은 파란 하늘 아래 지금 막 꽃봉오리를 터뜨린 듯 신선한 웃음을 가득 머금고 있다.

"아니! 목련이 이렇게 이쁜 꽃이었니?"

친구는 혼잣말처럼 한다. 해마다 목련이 피기는 했었다. 큰 꽃잎들이 요란스럽게 피었다가 얼굴도 채 익히기 전에 화르르 가버리는 꽃이라, 피었나 싶으면 벌써 꽃잎이 바닥에 나뒹굴어 아름답다고 느껴보지 못했었다.

뜨거운 것을 잘 마시지 못하는 내가 다 마셨는데도 친구는 식어버린 종이컵을 손에 들고 하염없이 목련을 올려다본다.

"올해 피는 목련을 못 볼 줄 알았는데…"

말을 잇지 못하는 친구의 음성에서 힘들었던 투병과정이 눈에 보이 듯 선 하다. 사선을 넘어온 사람에게 적당한 위로의 말이 떠오르지 않아 나도 그냥 목련에다 시선을 두었다.

"나, 내 년에 이 목련꽃 다시 볼 수 있을까, 목련꽃이 이렇게 아름다운 줄 왜 이제야 알았을까?"

꽃에 눈을 떼지 않은 채 친구가 말했다.

"그래, 오늘 가장 예쁘네!"

그러고 보니 목련이 이렇게 아름다운 꽃이었나 싶을 만큼 파란 하늘 아래 상아빛으로 빛나고 있었다.

친구는 디카에 담고 싶어 했지만 가져오지 않았다며 아쉬워하며 마음에라도 그리려는지 뚫어져라 바라 보았다. 난 아까부터 친구의 머리카락에 시선이 갔다. 친구도 눈치 챘는지 이렇게 말했다.

"보고 싶은 사람 볼 수 있게 머리카락 안 빠지게 잘 치료해 달라고 의사 선생님께 부탁했지."

머리카락이 어떻게 멀쩡하냐고 차마 물을 수 없었던 것에 답을 하는 것처럼 말했다. 죽을 고비를 넘긴 사람이 머리카락에 미련을 두는 것이 좀 이해되지 않았다. 친구의 말로는 무엇이든 간암 치료에 좋다면 그것을 복용하고 싶었고 또 구해서 먹었다고 했다. 공기 좋은 산골로 집을 옮기고 현미밥은 오십 번을 씹어 먹었으며 녹즙을 마시려고 비닐하우스까지 집 앞에 지었다는 얘기를 한다. 그 무렵 나도 친구의 부탁으로 '컴프리' 모종을 한 박스 사서 택배로 보냈었다. 컴프리의 꽃말이 '위안'과 '회복'이라니 두었다 생각해도 잘 보낸 것 같다.

친구는 누가 지나가는 소리라도 그 병에 나쁘다고 하면 입에 들어가던 음식도 내려놓아야 할 때, 그 고통이 너무 힘들어, 차라리 삶을 포기하고 먹고 싶은 음식 실컷 먹어보고 싶더라고 한다.

초췌한 그 모습에 안쓰러운 마음이 든다. 친구는 말을 하는 간간이 다 식은 커피의 향기를 맡는다.

"나도 건강에는 누구보다 자신 있었는데… 이 꽃을 내년에 또 보려면 꼭 살아야 하겠지?"

말꼬리를 잇지 못하고 꽃에다 시선을 보낸다. 지금 다 나았다고는 하지만 5년 안에 재발률이 많다는 것이 친구를 아직 괴롭히고 있는 것 같다.

그 후, 내게 '다시 볼 수 있었던 목련'이라는 제목의 목련꽃 영상을 메일로 보내 왔다. 그 날의 목련이 친구에게 있어서 살아있음을 재확인할 수 있었던 신선함이 되었나 보다.

집으로 들어오는 골목길 담 옆에 목련이 한 그루 서 있다. 있는 듯 없는 듯 눈에 뜨이지도 않다가 삼월 말이면 하얀 드레스를 차려입은 신부처럼 눈부시게 나타난다. 뭉게구름 한 뭉치 내려온 듯 꿈같은 모습이, 어젯밤 봄비 같지 않게 천둥 번개가 치더니 오늘 와르르 주저앉고 말았다. 괜히 친구가 생각나 다시 저 꽃잎처럼 되지 않을까 염려되었다.

그 친구와 만난 후, 목련나무에 때때로 시선이 갔다. 거짓말처럼 봄바람이 꽃잎을 한꺼번에 떨어뜨리고 갔는데 오늘 아침 벌써 연초록의 잎새가 햇살에 투명하다. 하루가 다르게 물이 올라 도톰해진 이파리가 햇빛에 반짝인다. 연녹색 옷으로 갈아입는데 채 사흘이 안 걸린 목련, 그 목련을 보며 친구의 병도 목련처럼 잠시 무너지는 아픔이 있었다 하더라도 다시 목련의 나뭇잎처럼 완쾌되기를 바란다.

 나무에 피는 연꽃 같다고 하여 목련이라 했다지. 그 날의 목련은 친구에게, 병을 딛고 일어서고 싶다는 희망을 주었기를 기도한다.

 난 생기발랄한 삼월의 목련이 친구의 가슴에 오래도록 피어 있기를 바라며 그 날의 목련을 다시 한 번 떠올려본다.

도, 그리고 레

친구가 여름휴가를 같이 보내자고 전화를 걸어왔다.

친구 Y는 어린 시절 절친했던 친구인데, 결혼 할 무렵 헤어져 이십여 년을 만나지 못하다가 몇 년 전 다시 만나게 되었다.

어린 시절에 친구와 난 우리 집이나 친구의 집에서 미래에 대하여 얘기하며 밤을 지새울 때가 많았다. 어린이 신문의 연재소설에 대하여 이야기도 하며 나름대로 글을 지어 교환해서 읽기도했다. '조풍연'씨의 동화는 너무 재미있어서 신문이 오기만을 기다렸다. 전기도 아껴야 했던 우리의 어린 시절, 불 끄고 일찍 잠자라는 엄마의 재촉에 어둠 속의 방안에서도 소곤거리며 까르 륵 거렸다. 미지의 소년 이야기로 하룻밤이 짧을 때도 있었다. 또 아홉 살 때부터 피아노 교습을 받았던 친구에게 노래를 배울 때도 있었다. '보리밭'의 '눈에 차아누우나아' 하고 매끄럽게 꾸 밈음을 잘 부르던 친구의 목소리가 지금도 내 귀에 이명처럼 남 아있다. 그 때, 우리 사이는 화음이 잘 맞는 도 ,미, 솔이었다.

 난 옛날의 그 시간에 다시 한 번 젖어 보고 싶었다.

 창원 친구의 집에 도착하고 보니, 아무도 없을 거라던 집안에는 아이 셋과 남편까지 있었다. 에어컨까지 고장이 나서 후텁지근 한 실내가 내 온 몸의 땀구멍을 다 열리게 했다. 난 푹신한 소파 보다 맨바닥이 찰 것 같아 바닥에 내려앉았다. 친구는 딸이 끓 이는 커피 맛이 일미라며 뜨거운 커피와 수박을 내 왔다. 이뇨 작용이 왕성한 두 가지 식품이 나에게 고문으로 변했다. 수 없이 화장실을 들락거렸다.

 이 집 막내의 발소리가 다. 다. 닥. 스타카토로 들려왔다. 메조 소프라노로 들려오는 두 딸의 목소리, 친구의 쉼 없이 이어지는 실크 같이 부드러운 말소리가 어우러져 조율이 되지 않은 바이 올린의 복음처럼 신경을 건드렸다. 난 점점 불편하고 어색해지기 시작했다.

 쉴 새 없이 부채질을 하던 친구의 남편이 부치던 부채를 탁자에 툭, 던졌다. 부채의 깃은 많이 닳아 있었고 살도 하나가 휜 듯해 보이지만 내가 선물로 보낸 합죽선이 틀림없었다. 내가 소중히 여기던 작품이었지만, 친구에겐 여름날에 쓰는 소모품으로밖에 보이지 않았다는 것이 두꺼운 벽처럼 느껴졌다. 옆에 있던 친구는 아직도 수묵화인지, 서예인지 배우러 다니느냐고 물었다.

"붓글씨가 돈이 되니? 밥이 나오니? 이젠 써 먹을 곳도 없는 것을 배워서 뭐하니?"

돈도, 밥도 안 나오는 짓을 하고 다니는 나여서 일까.

난, 지하철 스크린에 쓰여 있는 시를 읽고도, 그 즐거움에 하루가 기분 좋을 때도 있고, 아직도 강원도의 눈밭을 그리워하며, 풍선을 좋아하고, 길을 걷다가 솜사탕이 보이면 사고 싶어진다.

구름 같은 감성을 지닌 나를, 친 경제 동물의 눈에는 허황되기 이를 데가 없을 것이다. 그녀의 감성이 나와 심하게 벌어져있음을 느끼자 편치 않았던 것이다. 그렇다고 갑자기 간다고 일어서기에도 자연스럽지 않아 전전긍긍했다. 이리저리 생각하다가 자동차의 에어컨을 떠 올린 내가 말했다.

"우리 드라이브 할까?"

친구는 옷을 갈아입고 가자며 장롱 문을 열었다. 옷들이 빼꼭히 걸려있었다.

"이 옷들이 아마 억대가 넘을 꺼다."

"억?"

내가 입어 어울리면 그것이 명품이라고 주장하고 싶은 나와, 그 친구는 거리가 멀어도 너무 멀게 느껴졌다.

 집 밖으로 나오자 우리는 벚꽃나무가 많은 진해로 자동차를 달렸다. 벚꽃은 지고 없었지만 아치를 이룬 가로수가 꿈길처럼 아름다웠다. 친구는 우리 나이에 맞는 음악이라며 고저나 셈여림이 없는, 염불 같은 노래를 틀어 놓고, 핸들을 잡은 손으로 손가락을 까딱까딱 했다. 경을 읽는 것 같은 멜로디는 잠에나 빠지면 좋을 것처럼 들렸다.

"밥 먹고 찜질방 가자."

 자장가 같은 음률에 잠에 막 빠지려는 순간, 친구의 '찜질방'이라는 소리가 귀에 들렸다. 난 찜질방을 정말 싫어했다. 아! 우연이겠지만, 오늘 친구가 하는 소리는 나와 전혀 화음이 맞지 않는구나.

 시 레 파…

 솔이 나와야 할 자리에 파만 나오니 난 맞출 재간이 없었다. 뜨거운 찜질방은 내가 도저히 적응을 못하는 곳 중의 하나였다.

 되돌이표, 그래, 서울로 돌아가자.

 만나지 못한 공백의 세월이 피부로 와 닿았다. 친구가 이방인처럼 느껴졌다.

 물질이 풍요로워야 인간답게 살 수 있다는 것이 신념처럼 굳어 버린 그녀가 나를 볼 땐, 그녀의 말대로 밥도 안 나오는 짓을 하고 다니는 속 빈 사람일지도 모르겠다. 쯧!! 그러면 어떠랴! 나는

도, 그녀는 레, 인 것을! 마침 딸에게서 전화가 왔다. 집에 정전
이 되어 캄캄하다는 것이었고 무섭다고 빨리 오라는 것이었다.
난 핑계 간다고 하자 친구가 역가지 바래다주었다. 난 앞으로 친
구의 집을 또 방문할 것 같지 않았다.

아름다운 미선美善이

　미선이는 태어날 때부터 뇌성마비였다. 갓난아기였을 때는 표가 나지 않았는데 자라면서 다리에 힘이 없고 양쪽이 따로 움직였다. 오래 서 있을 수도 없고 걸으려고 하면 X자로 꼬여서 넘어졌다. 특수하게 제작한, 무릎까지 올라오는 부츠를 신어야 겨우 걸음마를 할 정도였다. 대신 팔 힘이 셌다. 내 손에 있는 것을 손가락을 펴게 해서 뺏을 정도였다. 급하면 기어서 갔다. 발음은 어눌해서 ㅅ발음이 되지 않았다.

　미선이는 시동생의 막내딸인데, 나와는 명절 때나 시집 동네에 다니러 갔을 때 만날 수 있었다. 어느 해, 아우 동서가 일이 있어서 내가 며칠을 보살펴 주었다. 그때 미선이는 한 쪽 팔로 동화책을 한 아름 안고 와서 읽어 달라고 했다. 내가 구연동화를 하는 것처럼 읽어 주었더니 나보고 '사랑해'를 '아랑해' 한다. 소리 내어 책을 읽으니 목이 말랐다. "쉬었다가 하자"고 말하자 얼른 사과 한 알을 가져다주었다. 눈치가 빠른 것 같아, 혹시 글씨라도 깨우치지 않을까 싶어 손가락으로 짚어가며 열심히 가르쳤다. 하지만 내가 너무 성급하게 생각한 것인지 따라오지 못했다. 그 후에도 미선이는 나를 만날 때면 동화책을 읽어 달라고 책을 들고 왔다. 오래전 읽어 준 내용을 한 번 읊조리며, 내 눈치를 보았다. 내가 놀라는 눈치이면, 더 신나게 책장을 넘기며 열심히 읽었다. 어눌한 발음이지만, 집중해서 들으면 그 애의 말을 알아들을 수 있었다.

미선이는 여덟 살이 되도록 혼자서 외출을 하지 못했다. 그러다 보니 언니 오빠가 학교에 가는 것이 몹시 부러운 모양이었다. 창문에 붙어 서서 눈동자가 옆으로 몰릴 때까지 바라보며 손을 흔들었다. 언니와 오빠가 학교에서 돌아 올 때까지 혼자 놀다가 심심하면 강아지를 친구 삼아 어울려 놀기도 했다. 개집 앞에서 강아지와 어울려 뒹구는 미선이의 모습은 귀여웠다. 햇빛에 빛나는 실크 같은 머리카락, 그리스 조각 같이 갸름한 얼굴에 오똑한 콧날이 인형처럼 예뻤다.

혼자일 때가 많은 미선이는 사람을 반가워했다. 일 년에 한 번 본 사람이라도 잊지 않고 반색을 했다. 자기네 집에서 밥이라도 먹을 때에는, 다른 사람 앞에 수저를 놓아주려고 애쓰며 물을 따라 주기도 했다. 또 맛있는 걸 주던지 자기의 속을 빨리 헤아려 주면, 엄지손가락을 위로 펴 보이며 최고라는 표현을 했다.

이웃에 있는 할머님 댁에 들리는 것이 미선이에겐 큰 나들이었다. 미선이는 할머님 댁의 주방이 차갑다는 것을 잊지 않고 있었다. 같이 갈 때면 남보다 먼저 급하게 기어가서 슬리퍼를 찾아내어 손가락으로 나의 발을 가르키며 신으라고 했다. 설거지를 하면 옆에서 도우려고 애쓴다. 물을 더 흘리고 말지만, 난 그 애의 마음이 예쁘다. 비록 다리에 장애를 갖고 있지만, 미선이의 고운 마음은, 몸이 성한 그 누구와 비교해도 손색이 없었다.

TV 뉴스를 보면 몸이 멀쩡한 사람들이 사기를 치거나, 폭행 등 살벌한 일들을 자주 보게 된다. 겹치기로 듣는 날에는 울적해진다.

육신은 멀쩡하게 생긴 사람들이, 돈 몇 푼을 얻어내려고 남의 아이를 유괴하는 사람, 자기 아이에게는 절대 먹이지 않을 불량식품을 만들어 파는 사람, 콩나물이나 도라지에 인체에 해로운 약품을 쓰는 장사꾼들의 이야기가 연일 뉴스를 장식하고 있다.

보통 사람이 다 지닌, 양심이라는 것이 없는 사람들, 겉모습은 멀쩡하지만 마음을 바로 쓰지 못하는 사람들을 왜 '장애인'이라고 하지 않는지 모르겠다.

제4부 눈

태백산 서정

창문을 열었다. 눈빛이 달빛처럼 환하다. 초저녁부터 날리던 눈발에 빨랫줄이 흰 기둥처럼 굵어져 있고 지붕과 마당은 흰빛으로 가득하다. 우중충하던 회색의 도시가 생기로 너울댄다. 날리는 눈송이는 울적하던 내 가슴에도 내려앉는다. 마음이 점점 눈빛을 닮아 간다. 눈이 오는 시간 속에서는 과거와 현재와 미래가 같은 시공간 속에 얽혀 있는 것 같다. 큼직한 눈송이를 보면서 어느새 옛날로 돌아간다.

눈꽃을 바라본다. 시詩라도 읽고 싶어진다. 어느새 나의 넋은 눈과 혼연일체가 되어 창공에서 시처럼 날린다.

누이야
아직도 네 기차는 산 속을 헤매고 있느냐
너를 기다리는 마음이 이미 산이 된지 오래이니
하얗게 눈꽃 피는 태백산 중턱에서
주목으로 서 있으면
가슴에 눈꽃 하나 달고
네 기차를 멈추지 말고 달려오너라.

-전기철의 〈태백산 서정〉 마지막 단락

어린 시절, 눈이 많이 내리는 강원도에서 자랐다.

눈이 내린 아침에는 참새를 잡기 위해 마당의 눈을 쓸었다. 그리고 대바구니에 줄을 매고 막대를 세운 뒤, 좁쌀이나 쌀알 몇 개를 뿌려두고 바구니 밑으로 참새가 들어가 주기만을 눈 빠지게 기다렸다. 참새를 구워 먹었던 기억은 없다.

눈은 요리의 재료가 되기도 했다. 동생에게 줄 연유를 눈 위에 뿌리고 휘저어 아이스크림 비슷한 것을 만들어 겨울밤 따뜻한 아랫목에서 먹기도 했다. 또 친구들과 고드름을 거꾸로 쥐고 빠드득 빠드득 소리를 내며 깨물던 기억도 언제나 눈과 함께 떠오른다. 더욱 신바람 나게 즐거웠던 기억은 눈 덮인 피냇재를 친구들과 가마니를 깔고 앉아 썰매를 타고 내려가는 일이었다.

몇 년 전 오늘처럼 눈이 많이 내렸던 날 친구에게서 전화가 왔다.

"눈이 혼자 보기 아깝다. 보러와."

태백에 사는 친구의 전화를 받자, 나는 썰매를 타러 가고 싶었고, 동생은 정동진에 아침 해가 뜨는 것을 보러 가자고했다. 가면서 결정을 하기로 하고 열차를 타고 출발했다. 한참을 가고 있었는데 마침 차창 밖으로 눈발이 날렸다. 우리는 썰매 타러가는 것으로 정하고 이른 새벽, 태백에서 내렸다. 친구는 비료부대를 준비해 왔다. 날리던 눈발은 잠시 후 우리들도 눈사람으로 만들었다.

골짜기에서 돌뿌리를 흔들며 흐르는 물소리가 음악처럼 들리고 눈 내리는 태백산 입구는 뭉게구름으로 지어진 꿈의 궁전 같았다. 산 위에 오르자 온 세상이 발아래에 흰빛으로 펼쳐졌다. 살아 천 년 죽어 천 년을 산다는 주목이 여기저기 눈을 이고 말없이 사람들을 지켜보고 있고. 우리도 주목처럼 천 년의 시간이 오롯이 고인, 눈 내리는 태백산을 보노라니 차오르는 감동으로 목이 메었다. 태백산의 설경과 함께 눈사람이 되어 한 폭의 그림으로 남는다 해도 아쉬움이 없을 것 같았다.

 정상에서 아래를 내려다보니 경사는 완만했고 며칠 걸러 한 번씩 내린 눈으로 푹신푹신 해서 미끄럼 타기에는 더 없이 좋은 조건이었다. 난 친구를 잡고 동생은 나를 잡고 비료부대 위에 앉아 나는 듯이 썰매를 타고 내려갔다. 돌부리가 튀어나온 부분은 엉덩이를 살짝 들어 피해 가며 어린 시절의 솜씨를 유감없이 발휘했다.

"야호!"

 우리는 부끄럼도 잊은 채 소리를 질러댔다. 가속도가 붙은 속력은 쏜살같았다. 사람들이 썰매를 타다가 산 아래로 떨어질 까봐 구조대가 여기저기 지키고 있었다. 우리들에게도 낭떠러지를 손가락으로 가리키며 주의를 주었다. 우리는 구조대가 보이면 발로 브레이크를 밟는 척 하다가 멀어지면 발을 들고 속력을 냈다. 미끄럼을 타고 내려 온 시간은 올라가던 시간의 사분의 일도 걸리지 않았다. 밑에까지 내려오자 그 동안 속에 쌓여 가기만 하던 세상살이의 때가 말끔히 사라진 듯 눈빛 같은 동심만 가득했다. 두고 가기에는 너무 아름다워 흰 꽃잎 속에 풍덩 빠진 채로 이 순간이 그대로 멈춰 버렸으면, 녹지 않는 동상이라도 되었으면 하는 마음으로 자꾸 뒤돌아보았다.

"태어나서 이렇게 아름다운 경치는 처음 보았어!"

동생이 아직도 눈에 홀려 깨어나지 못한 눈으로 말했다. 날리는 눈발 때문에 해돋이를 보러 갈 수 없었던 것에 뾰루퉁하던 동생의 입이 어느새 귀에 걸려 있었다. 평지에 내려 와서도 미련이 남아 눈 위에서 끌어주며 주차장으로 내려왔다. 엉덩이는 젖었지만 추운 줄도 모르고 우리는 점심으로 살얼음이 낀 '곰보네 집' 냉면을 먹었다. '으드득득…. '아랫니, 윗니가 부딪히는 소리가 났지만 냉수마찰의 효과일까? 가슴은 훈훈하게 차오르는 느낌이었다. 연말의 날씨는 추웠지만, 눈을 만끽한 우리들의 가슴속은 구름이 말끔히 사라지고 포만감으로 그득했다.

202번 버스에서

　별내로 가는 202번 버스는 항상 만원이었다. 약령시장 역에서 자리가 없으면 내내 서서 갈 수도 있었다. 너무 피곤하고 다리도 아픈(무릎관절염) 날인데, 용케 자리에 앉았다. 별내까지는 한 시간 반 이상이 걸렸다. 여행 가듯 느긋하게 마음먹어야했다. 그런데 요즘은 지루하게 느껴지는 날이 많아졌고, 때때로 다시 이사를 나가고 싶은 마음이 들기도 했다. 딸이 권한다고 덥석 이사를 하고는, 애들처럼 '나, 이번 달에 나갈 거야!' 하고 나갈 수도 없었다.

사람은 나이가 들수록 할 일도 많아지고, 처신도 점점 어려워짐을 느끼지 않을 수 없다. 가벼운 마음으로 딸네 집에 합가를 했지만, 시내 한 번 나오려면 일부러 큰맘을 먹어야 했다. 때때로 깊은 잠에 빠져 정류장 몇 개를 지나친 날은 더욱 다른 데로 옮기고 싶어졌다. 이 동네는 밤 10시 반이면 신호등이 일제히 꺼져, 차들은 제 세상인양 총알처럼 쌩쌩 달리기 일쑤였다. 어느 늦은 날 밤, 옛날에 내가 제게 했던 것처럼, 딸이 나를 다그쳤다.

"어디서 뭘 하다가 이제야 와? 일찍, 일찍 다녀야지, 신호등도 꺼지는데."

이런 말들을 늘어놓았다.

어느 날, 청량리역에서 두 정거장쯤 갔는데, 배가 불룩한 젊은 여자가 탔다. 그녀는 버스 문이 열릴 때마다 사람들에게 밀려서 내 앞까지 와서 섰다. 아무도 그녀를 위해 일어서는 사람이 없었다. 그녀는 살도 찌고 배도 나왔는데, 한 손에는 냉커피가 들려 있어서 쏟아질까 조마조마했다. 기사 아저씨가 말했다.

"아, 커피 들고 타면 안 돼요!!"

"예, 뚜껑이 닫혀있어서 괜찮아요."

한 손엔 커피를, 한 손은 손잡이를 잡았지만 보는 사람이 불안했다. 배도 불러서 임신한 여성 같았다. 갑자기 옛날 생각이 났다. 임신 중에 지하철을 탔는데 만원이었다. 아무도 나에게 자리 양보를 해주는 사람이 없어서 40분을 가는데 숨이 막히고 어지럽고 몸이 무거워 쓰러질 뻔한 일이 떠올랐다. 그녀가 얼마나 힘이 들까 싶어 양보하려고 눈을 떴다. 그런데 나보다 조금 빠르게 자리를 양보하는 아주머니가 있었다. 건너편 좌석에 앉아 있던 아주머니는

"아이구, 힘들겠어, 여기에 앉으슈,"

"아, 아니에요, 저 괜찮아요. 제가 더 젊은 것 같은데 뭘 자리를 다 양보하세요?"

"임산부 아니유?"

"네? 어머, 아니에요."

젊은 여인은 다음 정류장에서 황급히 내렸다. 얼마나 무안했을까? 아마 급 다이어트에 들어갔을지도 모르겠다. 아주머니도 계면쩍어 한마디 하고 입을 닫았다.

"난 임신한 줄 알았네!"

그렇지, 임신했으면 커피를 안 마실 건데, 커피를 들고 있을 때 알아봤어야 했다. 먼저 말하지 않길 잘했네! 나는 이 상황을 다행이라고 해야 할까. 어쨌든 양보 안 하고 앉아가게 되었지만, 버스를 타면 종종 이렇게 크고 작은 갈등이 생길 때가 있다. 그런데 코로나19가 지나간 뒤로 요즘은 이런 갈등조차 잘 일어나지 않았다. 예식장이 망하게 생겼다는 소문이었다. 그 소문의 결과일까? 요즘 임산부가 거의 눈에 띄지 않았다. 뿐만 아니라 유모차에 아기가 아니라, 강아지가 앉아 있는 것은 그리 드물지 않은

풍경이었다.

세 번을 버림 받은 구두

 잔뜩 흐린 하늘이 금방 한줄기 소낙비라도 쏟아질 것 같다. 난 현관에서 내 신발을 내려다보았다. 비가 오면 아무래도 물이 샐 것 같았다. 바닥이 갈라지고 굽이 다 닳아, 버릴 때가 되었지만 그 모습이 너무 친근하게 느껴져 아직 신고 다녔다.

 '버려야 하나?' 그러나 곧, 수선을 하기로 맘을 굳혔다.

 나는 신었던 그 신발을 봉투에 넣은 후 다른 신으로 갈아 신었다. 그리고 버스 정류장 옆에 있는 구두 수선하는 곳으로 갔다. 봉투 속에 구두를 꺼내 아저씨에게 보여 주었더니 나를 이상한 눈으로 쳐다보았다.

 "이 구두 비싼 건가요?"

 "왜요?"

 "아니, 이건 고치는 값이 사는 것만큼 들겠는데요, 그냥 한 켤레 사 신으시죠."

 "고치는 값이 얼만데요?"

 "이 만원은 들여야 되겠어요."

 난 또 망설였다. 요즘 만 원짜리 신발도 꽤 예쁜 것이 많았기 때문이었다. 좀 신다가 버려도 아깝지 않은 걸로 하나 사 버릴까.

그러나 이 신발처럼 마음에 들지는 않을 것 같았다.

신발장을 열면 가족들에게 미안 할 만큼 내 신발로 가득했다. 하지만 내가 가장 만만하게 손이 가는 이 신발은 생긴 것도 내 맘에 들고 발도 편했다. 어디에 벗어 놔도 촌스럽지 않았다. 목이 짧은 군화처럼 생긴 이 신발은 발목 부분에 동그란 구멍이 송송 뚫려 통풍을 도와주고 굽이 높지 않아 아무리 걸어도 발이 아프지 않았다. 그야말로 내 발과 궁합이 딱 맞았다. 남이 보면 어떨지 모르겠지만, 난 이 신발을 신으면 내 발이 귀엽고 앙증맞게 보이는 것 같아 더 좋았다.

이 신발은 몇 사람을 거쳐서 나를 만났다. 동생 친구가 신다가 자기 맘에 들지 않는다고 동생에게 주었고, 동생이 신어 보니 자기에겐 어울리지 않는다며 언니들 중에 누구라도 맘에 들면 신으라고 들고 왔다.

큰언니가 먼저 낼름 받았다. 난 처음부터 마음에 들었지만 이미 언니 손에 넘어 간지라, 달라고 하기에도 멋쩍어 집으로 왔다. 그런데 언니가 반바지 차림에 그 것을 신고 교회로 가다가 유리창에 비친 자신의 모습을 보니, 허리 부분이 두터워진 자신에게는 그 신발이 너무나 어울리지 않았다며 "너 신을래?" 하고 물었다. 난 얼른 받아들였다.

세 번의 버림을 받고 나에게 온 신발을 집으로 돌아오는 길에 구두를 닦는 가게에서 반짝거리게 닦았다. 그러자 새 구두처럼 반짝였다.

 검은 색의 비슷한 디자인의 구두가 세 켤레이지만 난 이것을 제일 애용한다. 벌써 내게 온지가 칠 년이 넘어서 바닥이 닳고 갈라지고 등도 많이 낡았다.

 구두수선공은 바닥을 통째로 갈아야 하기 때문에 돈이 많이 든다고 했다. 하지만 헌 물건이라고, 버리기엔 나에게 너무 익숙하고 친근했다. 까맣고 동그란 구두 끝이 아직도 나를 보고 반짝였다.

 "나를 고쳐 주세요,"라고 말하는 것 같았다.

 "와! 정말 아줌마 같은 사람만 있으면 신발 장사 굶어 죽겠네요, 예, 알았어요, 예쁘게 고쳐 드릴게요."

 "예쁜 것도 싫구요, 원래 모양에서 절대 변형 시키지 말고 해 주세요."

 구두 수선공이 오라던 날, 그는 오래된 신이라 굽이 똑 같은 것이 없어 다른 것으로 해 주면 안 되겠냐고 물었다. 난 시간이 걸려도 기다릴 테니 같은 것으로 구해서 고쳐 달라고 했다.

 그렇게 해서 내 손에 들어 온 것은 맡긴 지 2주가 지나서였다. 처음 모양 그대로 나에게 왔다. 수선공이 말했다.

 "바닥을 통째 갈았으니 한 이십 년 신어도 되겠어요." 한다.

 이만 원을 주고 헌 구두를 고쳤다는 것을 다른 사람들이 듣는다면 "너 밥 사줘?" 할 것 같았다. 그래서 난 식구들에게도 말하지 않았다.

 이 신발은 어느새, 무생물의 위치를 벗어난 것 같았다. 이 세상에서 버려지는 모든 물건들도 어떻게 보면 버릴 것이 없는지도 모르겠다. 그것이 맘에 드는 사람에게 간다면 나의 헌 구두처럼, 스스로 지니고 있는 값어치보다 더 큰 대가를 지불하고라도 버리고 싶지 않은 소중한 물건이 될 테니까.

 비록 세 번을 버림 받고 나에게 왔지만, 난 좋아서 찾고 잘 맞아서 찾는, 버리고 싶지 않은 내 발을 감싸는 껍데기 같은 구두가 되었다.

 내가 여태껏 버린, 찾지 않았던 기억나지 않는 물건 중에서도, 혹시 이 헌 구두처럼 사랑받는 물건이나 사람이 있지는 않았을까?

제5부 제일 아름다운 이름

제일 아름다운 이름

 개명신청을 했다. '세희'라고.

 한 쪽 다리가 관절염에 걸려 아프던 때였다. 그런데 점쟁이의 말
이, 지금의 이름을 계속 쓰면 나중에는 양쪽 다리가 모두 아플
거고, 질병은 점점 위로 올라올 것이라 했다. 이름 때문이라고
했다. 아들의 신상을 딱, 알아맞히는 바람에 점쟁이에게 신뢰가
갔다. 내 인생의 굴곡도 모두 이름 때문인 것 같았다. 하지만 나
는 믿지는 않았다. 그런데 해가 갈수록 더 아파서 나중엔 양쪽
다 관절염에 걸렸다.

 쌍둥이 이름을 작명가에게 짓는다고 했다. 나도 거기에 업혀 가
기로 했다. 거금을 주고 지어온 이름은 모두 마음에 안 들었다.
쌍둥이 엄마인 딸은 옛날 아이들 이름 같아서 하지 않겠다고 했
다. 나도 지어온 내 이름이 마음에 들지 않았지만 그 중에서 겨
우 건진 이름이 '세희'였다.

 부모가 지어준 이름을 바꾼다는 것에 좀 죄송한 감이 있긴 하
지만, 내 이름이 불려 질 때마다 남의 옷을 입을 것처럼 어색했
었다. 이젠 부모님도 안 계시고하니, 바꾸어도 괜찮다고 스스로
위로했다. 썩 내키는 이름은 아니었지만 자꾸 들으니 괜찮은 것

같았다.

 그런데 이름을 바꾸고 나서 부작용도 만만치 않았다. 병원에 가서 내 이름을 불러도 멍청히 앉아 있기 일쑤였고, 여권에서부터 은행, 주민등록, 모두 바꾸어야 했다. 특히 이름을 바꾸고 나서는 초등학교 학습지를 하라고 이틀이 멀다 하고 광고전화가 걸려왔다.

 "우리 아이들 다 벌써 대학 졸업했는데요."

 이 말을 하자 말자 두 말도 않고 뚝, 끊어버린다.

 살아가면서 나를 부르는 이름도 여러 가지로 바뀌었다.

 '학생' '아가씨' '새댁' '아지매' '엄마' '아줌마'….

 세월이 흐를 때마다 생겨나는 새로운 이름들. 초등학교 5학년 때 이미 지금의 키로 자라있던 나에게 '아가씨!' 하고 불렸을 때에, 낯설고 부끄러워 귀까지 빨개졌었다.

 그 후, 결혼을 하자 동서는 나를 '새댁'이라고 불렀다. 부자연스럽게 들렸으나 그래도 적응하는데 긴 시간이 걸리지는 않았다. 아기가 태어난 후, '엄마!' 라고 불려 질 때도.

 '아줌마, 아줌마!'

 바로 나를 부르는 소리였다. 내가 살았던 집성촌에서는 나를 '아줌마'라고 부르는 사람은 없었다. 경상도 사람들은 '아지매!' 하고 형수나 조카뻘 되는 이들이 그렇게 불렀다. 아니면 '새댁,

질부, 손부’ 등으로 불렸기 때문에 아줌마는 바깥세상으로 나올 때만 들을 수 있는 말이었다. 아줌마라니…. 억척스럽고 나이든 냄새가 물씬 풍기는 이름 ‘아줌마’ 어느새 내 이름이 ‘아줌마’가 되었다.

몇 년이 더 흐른 뒤 아들이 결혼을 했다. 그리고 얼마 뒤, 아기가 태어났다. 그때까지 나는 아줌마였다. 그 아기가 자라서 말을 하게 되자 나를 ‘할머니’라고 불렀다. 다 늙어버린 이 기분! 인간들은 왜 하필 할머니라고 이름 지었을까.

“함머니, 함머니”

잘도 부른다. 겨우 적응해 가고 있는데 어린이집 보모가 나 보고 할머니란다. 이렇게 부르는 것도 유행인가? 누구의 할머니, 라고 불러야지 내 나이만큼 되어 보이는 여자가 나를 ‘할머니!’라고 부르다니. 난 내색은 하지 않았지만 속으로

‘너도 나중에 이 소리 들어 봐라! 기분이 좋은가.’

아무래도 이 소리를 적응하는 데는 시일이 좀 걸릴 것 같다. 그런데 작년보다 더 자란 세 살짜리 손녀가 발음도 또렷하게 “할머니!” 하고 부른다. 엘리베이터 안에서 누가 묻지도 않았는데

“우리할머니 방귀쟁이! 해해… ”

“쉿!”

“해해… 거짓말, 내가 어젯밤에 다 들었거든.”

내 배를 작은 손으로 툭툭 두드리며

"할머니 배 뚱뚱해, 여기 방귀 많이 들었어."

엘리베이터 안에서 다른 사람들이 듣는데 마구 떠들어댄다. 나는 뺨이 화끈거렸다. 꿀밤을 한 대 먹일까 하다가 큰소리로 울어 댈까봐 억지로 참았다.

제 엄마가 회사에 사직서를 내자 손녀보기도 끝이 났다. 난 속이 시원했다. 떼쟁이를 안 보니 살 것 같았다. 이젠 밤에도 푹 자고 머리칼도 덜 빠지겠지. 그런데 며칠이 지나자 자꾸 손녀 얼굴이 아른 거린다. '애를 잘 보는지 모르겠네, 혼을 내는 건 아닌지.' 나도 참! 제 엄마가 좀 잘 보겠는가. 하지만 괜한 걱정이 꼬리를 물고 일어난다. 궁금해서 아들집에 갔다. 아무도 없다. 한참 기다리는데 인기척이 났다. 세 식구가 들어온다. 나는 아들보다 손녀를 먼저 불렀다.

"예나야!"

"할머니!"

예나는 내 품에 와서 안긴다.

"할머니 보고 싶었어. 왜 이제 왔어? 흑흑 엉~엉…"

"아이구, 우리 아가 울지 마!"

난 예나의 눈물을 닦아 주었다. 이 세상에서 내가 보고 싶어 울기까지 하는 사람이 있다니! 난 손녀의 눈물에 감동했다.

"할머니, 우리 집에 와서 살자."

"좁아서 못살아."

"그럼 아래층에 이사 와."

"돈이 없어."

"할머니, 나 돈 많아, 내가 줄게."

손녀는 동전이 가득 든 고양이 저금통을 내 핸드백에 넣었다. 난 며느리 보기 민망하여 꺼내 놓았지만 자꾸 집어넣는다.

"담에 또 줄게."

내가 아들을 키울 때 이렇게 감동해서 가슴이 먹먹한 적이 있었던가?

드디어 '할머니'라는 이름도 적응이 되었나 보다. 아니, 적응 정도가 아니었다. 손녀에게 할머니라는 이름을 들을 때마다 이렇게 애틋하고 가슴 절절하다니! 고 조그만 입에서 나오는 소리가 반가워, 귀에 꽂히고 심장으로 파고든다. 아! '할머니' 참 아름다운 이름이었구나! 이렇게 가슴 벌렁거리게 하는 이름이 나를 기다리고 있었다니! 인생은 이래서 아름다운거로구나.

난 내 이름을 찾았다. '할머니'라는 이름이 '세희' 라는 이름보다 훨씬 더 빛나는 완성된 이름이라는 것을!

별내로 이사 오다

별내로 이사 온 지 오늘로 한 달째이다.

동네 이름으로 봐서 별이 밤하늘에 무수히 많을 것 같다고 생각한 것은 순전히 나의 오산이었다. 나는 아직 한 번도 별을 보지 못했다. 그런데 동네를 다니다 보니 별 이름을 가진 간판이 무수히 많다. 별내, 별가람, 별빛마을, 별사랑, 미리내, 한 별, 별천지 …

내가 서예를 하면서 받았던 호도 서하이다. 별을 좋아한다고 해서 받은 호이다. 서하는 은하수의 또 다른 이름이라고 했다. 여운이 남는 호가 좋다고 그렇게 지어졌다. 호를 지을 때, 선생은 좋아하는 것의 이름을 따서 본인이 지어 오라고 했고, 그렇게 해서 내가 지은 이름이 은하였다. 별을 좋아했기 때문이었다. 그런데 선생은 직접적인 것은 여운이 없다고 서하라고 지어 주었다. 나는 그 호가 좋았다. 서예를 하는 동안에는 이름처럼 썼다. 내가 서예를 그만두고도 친구들은 나를 그렇게 불렀다. 별을 좋아하는 내가 이 동네에 이사를 오게 된 것도 우연이 아닌 것처럼 여겨졌다. 당연히 내가 와서 살아야 할 동네인 것처럼 여겨졌다. 땅에 내려 온 별이 은하수처럼 많은 동네니까.

하늘에 별이 보이지 않는 것은 수많은 별들이 땅위에 다 내려와 박힌 것이라 생각하며….

장마철, 별이 보이지 않는 밤에 하릴없이 생각해 보았다.

무량수불無量壽佛

봄이 오면 돌아가신 친정 부모님 두 분이 생각난다. 두 분 모두 따뜻한 유월에 하루 차이로 기일이 들었기 때문이다.

언니와 동생, 세 자매는 갈 때는 의성, 선산의 산소에, 돌아 올 때는 소백산에 오르기로 하고 서울에서 의성까지 자동차로 달렸다.

몇 가지 제물을 차려 놓고 예를 갖춘 뒤, 우리는 무덤가의 잡초를 뽑았다. 반시간도 채 지나지 않아, 얼굴이 달아오르며 땀이 흐른다. 나이 많은 언니의 눈치를 살피며 난 신문지를 깔고 앉았다. 미지근한 바람이 한줄기 불어 땀이 소르르 말라 버리고 만다. 내가 앉아 있는 주변에는 개미가 우글거리고 있었는데 몇 마리는 내가 절 하느라 밟은 모양이었다. 개미가 동족이 꿈틀대는 동족을 끌고 간다. 개미의 눈에는 사람이 어떻게 비칠까? 마치 거대한 조물주로 비치지는 않을까?

살려고 버둥대는 모습이 인간의 속성과 다를 것이 없었다. 얼마 전 아들의 미생물학 책에서 본 그림 사진이 떠올랐다. 씨앗에서 발아하는 최초의 모습은, 어류, 새, 인간, 짐승들이 거의 비슷해 보였다. 식물 역시 자세히 관찰하면 그 모습과 닮아 있다. 그것이 떠오르는 순간, 내가 벌레로 태어나지 않았음이 정말 다행스럽다. 개미는 나에게 허리가 부려져도 항의 한 번 못한 채 볕에 말라 먼지가 되어 사라진다. 비록 삶 속에 아픔을 느끼는 순간이 있을지라도, 수많은 종류 중에 인간으로 태어난 생이 얼마나 고마운 일인가.

스님들이 죽장을 짚고 다니는 것은 살생을 피하기 위해서라고 들었다. 부처님은 시작과 끝을 볼 줄 아셨나 보다. 태초에 생겨남을 아시니 모든 생물의 삶을 소중히 여겼고, 죽음을 두려워하는 캄캄한 불안도 아셨으니, 살생을 피하라 했고, 소망을 못다 이룬 사람을 위해, 내세가 있다고 희망을 가지게 하셨으니….

우리는 상경하는 길에 소백산에 올랐다. 나무는 저희끼리 스스로 조율을 한 듯, 높고 낮고, 크고 작음이 파란 하늘을 악보 삼아 운율을 이루어 노래라도 울려 나올 것 같아 보였다. 나무 사이로 비치는 햇살이 아가의 웃음처럼 해맑다. 새소리 바람소리에 낙엽 속에 숨어 있던 물방울들이 굴러 나와 돌돌거리며 작은 내가 되어 흐른다. 나무는 쓸모가 있든지 없든지 능력대로 자라나고 싹을 틔우고 낙엽이 지는 것도 순리를 따르며 아등바등 제가 더 잘 살겠다고 자연의 섭리를 거스르는 생물이 없다. 온갖 해코지를 서슴없이 하는 인간을 말없이 포용하며 그 넓은 품을 우리에게 휴식처로 내 준다. 신의 마음을 그대로 지닌 산이다.

산은 몇 억년이 흘러도 늙지 않는다. 싹이 돋아 날 땐 앳된 소년의 모습으로, 녹음이 우거질 땐 젊음의 혈기를, 단풍이 타 오를 땐 슬프도록 아름다운 여인의 모습을, 겨울의 눈꽃은 천국을 떠올린다.

언니의 가쁜 숨소리가 들려왔다. 모르는 척 올라가려 해도, 더이상 버티지 못할 것 같다. 산을 오르려고 안간힘을 쓰다가 포기하는 언니를 바라보니 가슴이 아리다. 정상에 오르지 못하고 내려 왔다. 삶에 지친 것 같은 언니의 골이진 주름살이 눈에 들어왔다. 측은하다. 얼마 전 형부와 사별하고 기운을 잃어 버렸는지 뿌리가 흔들리는 식물처럼 마음도 몸도 허기져 보였다. 언니는 일을 많이 해서 부은 손목과 손가락이 아프다고 우리에게 내 보였다. 아기 같이 아픈 곳을 보여주는 것에 마음이 아팠다. 당뇨병으로 언니를 힘들게 하던 형부라도 곁에 있을 땐, 이렇게 외로워 보이지는 않았는데….

언니 앞에 떡 버티고 있는 산은 더 우람하고 커 보인다. 산의 일생과 사람의 일생을 본다면, 우리는 한 해살이 풀잎이라고 할 수 있겠지. 산의 위대한 시간 앞에, 인간은 몇 마리 무리지어 다니는 개미떼처럼 비쳐 질지도 모를 일이다.

희방사에서 향내 묻은 염불소리가 바람에 실려 은은하게 들려왔다. 무엇을 염불하는지 알아들을 수 없지만, 그 여운이 태교 음악처럼 내 가슴에 스며들었다. 이 천년의 세월을 홀로 있어도, 미소를 잃지 않는 부처님이 우리에게 한 수 가르침을, 느낌으로 전해 주시는 걸까?

언니의 지치고 외로운 삶에 한줄기 서광이 깃들게 해 달라고. 자신을 위한 삶에 아직 의미를 찾지 못하는 언니에게 반월도 만월이 되기를 바라는 희망이 있음을 알게 해 달라고, 부처님께 기원했다.

무량수불 無量壽佛….

상경하는 자동차 안에서 혼곤히 잠이든 언니를 바라본다. 차창 밖의 연푸른 빛깔은 쉼 없이 지나가고 있었다.

비밀상자

내가 어렸을 때부터 큰오빠의 방에는 번호자물쇠가 채워진 원목 나무상자가 하나가 있었다. 늘 궁금했지만 번호자물쇠였기 때문에 오빠 이외에는 아무도 건드리지 못 했다. 그렇게 이십여 년이 지난 뒤, 오빠는 물론 나도 결혼하고 조카들도 다 성장했을 때였다. 나는 오빠랑 한 동네에 살게 되었다. 어느 날, 오빠의 집을 방문했는데, 이젠 다 낡은 궤짝이 자물쇠가 채워진 채 아직도 방구석에 있었다. 나는 궁금하여 올케언니보고 물었다.

"혹시 저 궤짝 열어 봤어요?"

"아니, 아직 뭐가 들었는지 보도 못 했네."

그리고 또 몇 년이 흐른 뒤, 오빠의 집에 갔다가, 또 그것이 내 눈에 들어왔다.

"상자 열어봤어요?"

뜻하지 않게 올케언니가 고개를 끄덕하는 거였다. 나는 너무 궁금하여 물었다.

"거기에 뭐가 나왔어요?"

"아이구 말도 말게. 뭐 귀중한 것이나 있는 줄 알았더니 내 참!, 오빠가 며칠 집을 비울 때 열어 봤잖는가."

"그래서?"

침을 꿀꺽 삼키고 올케언니의 입을 집중해서 쳐다보았다.

"참나, 글쎄 옛날, 옛날 소학교 다닐 때 성적표랑 몽당연필하고, 다 닳은 지우개하고, 코도 못 풀 낡은 공책이 있잖는가. 괜히 뜯었다가 표 안 나게 박느라고 애만 썼네. 아니, 벨 거도 아닌 그런 걸, 왜 수십 년이나 끌고 다니는지, 정말 그 성격, 알다가도 모르겠네!"

우리 모두, 그것을 열면 알라딘의 요술램프나 골동품이나 그런 대단한 것이 쏟아져 나오지 않을까 별 상상을 다했는데 열고 보니 대수롭지 않는 시시한 것들. 오빠는 왜 그렇게 그것을 보물상자처럼 간직했을까? 수십 년 궁금했던 것에 비해 그 결말이 참 시시했다.

오빠는 언제 저것을 들여다볼까? 마음이 몹시 쓸쓸할 때? 기분이 나쁠 때? 기분이 좋을 때? 만약에 혼자 들여다본다면, 아무래도 몹시 쓸쓸할 때일 것 같았다. 오빠는 그 낡은 상자 속에 있는 쓸모없는 것들을 보며 위로가 되었을까?

살다 보면 가끔 옛것이 그리울 때가 있다. 옛 친구, 옛날 사람, 옛날 옷, 옛날의 내 얼굴, 그 옛날의 내 엄마, 아버지가 그리운 때가 있다. 사라진 것들에 대한 그리움이랄까. 앞으로만 둥둥 떠밀리다시피 흘러가는 세월, 그럴 때엔 지나가버린 것에 대한 그리움이 뭉글뭉글 피어오른다. 아마 오빠는 초등학교 때 월반을 하며 선생님께 칭찬을 들었던 그때의 노트와 연필, 지우개를 보며 위안을 삼지 않았을까? 올케는 아내이지만 가만히 열어봤다는 양심의 가책이 있어서인지 그것을 간직한 이유를 물어보지 못했다고 했고, 나도 아는 척 할 수 없어 그냥 지나갔다. 오빠는 무엇 때문에 한줌 값어치도 없는 그런 걸 소중히 간직했을까?

제6부 장미꽃밭에 엎어졌어요

점잖은 것

 며칠 전, 시골에 계신 시어머니가 오촌당숙의 아들이 결혼을 한다고 상경했다. 이웃에 사는 생달(택호)할매와 동무해서 왔다. 생달할매는 큰일이 들 때마다 우리 집에서 자는 것에 대한 미안함의 인사인지, 땅콩 한 되 가량과 도라지 깐 것을 주섬주섬 내놓았다.

 어머님은 마른 몸매에 허리가 불편해서 조금 굽었고, 한 쪽 귀도 어두웠다. 몇 살 더 아래이긴 하지만, 생달할매는 다리에 관절염이 있어 다리를 벌리고 흔들거리며 겨우 걸었다.

 두 노인은 밤새 앓는 소리를 했다. 젊지 않으면 아픈 것이 일상이 되어버리는지 숨소리와 함께 앓는 소리도 자연스런 리듬을 타고 흘러나왔다. 겨울의 새벽 다섯 시는 컴컴했다. 잠도 줄었는지 두 노인은 그 시간에 일어나 앉아 아침이 오기만 기다렸다. 귀가 잘 들리지 않는 어머님을 위해, 생달댁은 소리를 질러가며 이야기했다. 난 옆에서 이불을 푹 뒤집어쓰고 좀 더 자려고 애써보았지만 버티기 힘들었다. 그냥 일어나서 아침 식사 준비를 시작했다.

 우리는 예식장으로 길을 나섰다.

어머님은 어제 무스탕 반코트를 입고 오셨는데 등이 굽어서 무거워 보였다. 다른 사람과 부딪히기만 해도 옷에 휩쓸려 넘어질 것만 같아, 엊저녁 백화점에서 재킷과 그에 어울리는 머플러를 사왔다. 체형이 바르지 않아 어울리지 않았다. 가서 입어보고 사자고 해도 집에서 디자인은 요러요러한 것을 사와라, 색깔은 이런 걸 사와라, 하시며 나를 시켰다. 시어머니는 여섯 번을 바꾼 뒤, 가벼운 윗도리와 티셔츠와 조끼는 마음에 드는지 입으셨다.

남편은 치과에 예약이 있었고, 운전면허는 있었지만 운전을 못 하는 난, 두 어른과 지하철로 가기로 했다. 신대방역 까지 한 번 갈아타고 다시 택시를 타야 예식장에 갈 수 있었다. 난 두 사람 중, 한사람이라도 잃어버릴까봐 눈을 크게 뜨고 챙겼다. 그들은 나에게 폐가 될까봐 부지런히 걸었는데, 나를 보지 않고 자기 앞만 보고 걸어서 나는 자칫 한 명을 잃어버릴 수도 있었다. 어머님은 허리가 굽고 불편해서 상체를 흔들흔들하며 종종걸음 치지만 느리기만 했다. 생달할매는 무릎관절염 때문에 무릎을 벌리고 일렁일렁 아픈 다리로 몸을 겨우 지탱하며 걸었다. 두 어른과 올라가려니 오늘 따라 계단은 더 아득히 높고 층계의 수는 엄청나 보였다. 파릇파릇하고 기운찬 사람들이 두 할매들 사이를 빠르게 지나갔다. 두 노인이 옷에 휩쓸려 넘어 질까봐 난 눈을 떼지 못했다. 2호선을 갈아타려고 하는데 어머님은 어느새 계단 꼭대기에 올라가 있었다. 계단은 내려오는 것이 더 힘들지 않은가? 나는 급히 불렀지만 귀가 어두워 자꾸 걸어갔다. 생달 할매는 덩달아 따라 올라 가고 있었다. 난 우리 집 전화번호도 외우지 못하는 어머님을 잃어버릴까봐 급히 따라 올라갔다. 계단을 다 올라간 뒤에 내려오려니 기운 빠진 얼굴들을 하고 있었다.

예식장은 휘황찬란했고 환하게 밝았다. 그런데 어머님이 서 계신 쪽이 내 눈에는 침침하게 보였다. 순간이지만 젊지 않은 것에 두려움이 느껴졌다. 내 마음을 아는지 모르는지 어머님은 말했다.

"아지매, 우리 다음에 그 조카 결혼식 때 또 같이 올라 오시데이,"

어머님은 모처럼 옛사람들을 만나서 그런지 기분이 좋아 보였다.

별걱정을 다 한다

산과 붙어있는 과수원에 북서풍이 불었다. 오후나 되어야 불던 바람이 오늘은 아침부터 세차게 불었다. 비탈진 밭 몇 발짝만 내려가도 햇살이 들고 산자락으로 가려져 안온하다.

이제 오늘만 수고해서 저온저장고에 넣으면 사과밭 일은 내년이나 되어야 있을 것이다. 바람 때문에 일 할 엄두가 나지 않아 햇살이 예까지 올 때를 기다리고 앉아서 생각 없이 개미집을 꼬챙이로 팠다. 가만히 보니 바로 옆, 뚫려진 구멍 속으로 무수히 개미가 드나들었다. 무엇인가 물고 줄지어 저희 집으로 들고나는 일개미는 바빴다. 자세히 보니 흙이 구멍 주변에 어른 주먹 하나 높이로 쌓여있다. 아마 마지막 월동준비를 하고 있는 모양이었다.

난 개미의 집안이 궁금해졌다. 내가 작아져서 구멍 속으로 들어가 볼 수는 없는 일이라, 들고 있던 꼬챙이로 개미를 따라 파 들어갔다. 마침 지나가던 남편이 한 마디 던졌다.

"남 애써 지은 집을 왜 부수고 있나?"

"겨울준비는 어떻게 했나 궁금해서요."

잘게 튀는 흙과 함께 개미집이 부서졌다. 오골 오골 하던 개미가 우왕좌왕 정신이 없었다. 길 따라 파보니 흰 자루 같이 생긴 식량인지, 개미 알인지 창고의 쌀부대처럼 잔뜩 쌓여있다. 식량일까? 새끼일까? 하얀 자루는 개미보다 컸다. 개미 숫자만큼 쌓여 있는 것 같았다. 차곡차곡 쌓여 있는 하얀 자루, 스스로 일을 하는 건지 여왕이 시켜서 하는 것인지 잔뜩 쌓아 놓고도 쉬지 않고 일을 하는 개미가 조금은 어리석게도 보였다. 왜 여왕개미는 자기는 안 하고 일개미에게 일만 시킬까? 여왕개미에게 복종하는 일개미는 불만이 없을까?

 사람처럼 노동하는 참참이 쉬는 시간도 있을까? 쌓아놓은 식량을 봄까지 다 먹어 치우기나 할까. 이웃에게 남은 식량을 빌려주기도 할까? 그야말로 나는 별걱정을 다하고 있었다.

이웃사촌

17촌 아지매 뻘 되는 상동댁은 담 하나를 사이에 두고 우리 집 바로 맞은편으로 이사를 왔다. 이사 온 날로부터 상동댁은 담 밑에서 머리만 내밀고 나를 불렀다.

"질부, 질부. 아스피린 있는가? 머리가 아파서 그러니 하나만 빌려 주게."

이것을 시작으로 사나흘이 멀다하고 다마네기(양파), 쌀 서되, 파, 마늘, 한 밤중 자는 사람 깨워 택시비 빌리기… 다 열거하기도 모자랄 만큼 빌려 달라는 말을 입에 달고 살았다.

난 적당히 거절할 말들을 궁리하기 시작했다. 주방에서 사용하는 것을 빌릴 때는 어쩌지 못해 빌려주는 경우가 많았지만 돈을 빌리러 올 때는 거절했다. 내가 거절하면 아주 못된 사람 보듯 인상이 달라졌지만, 나도 반 년 쯤 시달리고 보니 그런 인상쯤은 내성이 생겼다.

한밤중 자는 사람을 깨워 아들의 택시비를 빌려 달라 했다. 내가 쌀쌀맞게 거절하자, 옆집으로 갔는데, 맴정댁네는 늘 8시 반이면 불을 끄고 자는 집이었다. 상동댁은 부끄럼도 모른 채 그 집 방문을 두드렸다. 아들이 장터에서 술을 마시고 택시를 타고 왔는데 택시비가 없다는 거였다.

다음 날 아침, 맴정댁은 다른 이웃들에게 쑤군거렸다. 5km밖에 안 되는데 택시비가 없으면 걸어오면 되지, 젊은 놈이 택시는 왜 타? 하며 한밤중에 돈 빌리러 다니는 에미가 정신이 나갔다는 것이었다. 아이를 저렇게 키워서 나중에 어쩌려고…. 동네 사람들의 말에 나도 전적으로 동감했다. 점쟁이만 미래가 보이는 것은 아니다. 그 아들과 엄마가 하는 양을 보면 그들의 미래도 능히 짐작할 수 있었다.

상동댁이 제 아들에게 바른 소리를 못하는 이유를 생각해 보았다. 상동댁은 아들이 둘 있었다. 그런데 작은아들은 어렸을 때 빵을 먹고 식중독으로 사망했다. 하나 남은 아들도 어찌될까봐 지독히도 감쌌다. 옳고 그름을 판단하기 전에 아들이 필요하다고 하면 빌려서라도 턱 밑에 갖다 바쳤다. 그냥 달라기 뭣해서 '빌려' 라는 문구를 썼지만 하나도 되갚은 게 없었다. "그것 좀 주게."의 다른 말이 "빌려"이지, 갚으려고 빌리는 것은 아니었다.

그 해 구 월 어느 날 나는 밥을 못해먹을 만큼 아팠는데 20살 동생이 진주에서 왔다. 하필이면 내 동생을 그 망나니가 보고 말았다. 자기의 마음에 쏙 드는 이상형이라며 우리 집을 뻔질나게 드나들었다. 동생이 간 뒤에도, 시간 날 때마다 불쑥 동생이 왔나 들여다보고 갔다. 나는 예감이 좋지 않아 동생이 결혼했다고 둘러댔다. 그리고 한동안 안 보였는데 남편이 동생을 농번기에 일 좀 거들어 달라고 불렀다. 바로 앞집으로 이사를 왔으니 감출 수가 없었다. 아예 모자가 합세해서 동생에게 호감을 나타냈다. 상동댁이 아들과 찾아와서 "동생을 우리 주게." 이런 턱도 없는 소리를 했다. 동생을 불러 올린 남편과 한바탕 싸움을 하고, 언니네 집으로 보냈지만 망나니는 거기까지 쫓아갔다. 그 어미는 여비까지 남에게 빌려서 아들의 스토킹을 도왔다.

동생은 그 작자가 아버지를 닮았다고 좋다고 했다. '어딜 아버지를 닮아?' 키 크고 희여멀건한 것만 좀 비슷할까?

어느 날 망나니와 동생이 한밤중에 슬리퍼만 신은 채, 기차역이 있는 곳까지 80리 길을 걸어서 도망을 갔다. 그렇게 주의했건만, 그 집 모자는 동생까지 떼먹고 말았다. 내 인생에서 만난 최악의 이웃사촌이고 악연이었다.

두 번째 자리

남편이 내게 점점 무관심해져 소 닭 보듯 했다.

오늘도 별 볼일 없이 나가려고 했다. 나는 남편을 잡아 두려고 옷깃을 잡았다. 남편은 검은 동자가 한곳으로 몰린 시선으로 말했다.

"사과 보러 가야지, 사과는 해마다 똑같이 예뻐, 넌 이제 가시로 변했어. 옆에 가기만 해도 찔리잖아!"

그러면서 휙 나갔다. 난 깎아 놓은 채 남아 있던 복숭아를 먹어 치우고 옆에 있던 포도를 먹었다. 아침 식사를 하고 난 뒤라 밥으로 치자면 한 공기가 훨씬 넘을 양이지만 아직도 포만감이 오지 않았다. 배가 불러도 무언가 허전했다. 내가 1번이었던 적이 있었나? 생각나지 않았다. 해본 적이 없기 때문이었다.

그랬다, 난 전에도 일 등을 해본 기억이 없었다. 아버지의 딸로서도 셋 째 딸, 둘째며느리, 다섯째 동생….

운동회 때 달리기를 해도 꼴찌에서 두 번째, 아니면 꼴찌. 공부를 잘해서 상을 받은 적도 없었고, 무슨 대회를 나가기는 했어도 자리를 빛내고 온 기억도 없었다. 아무리 기억을 헤집어 봐도 난, 첫 번째를 해 본 일이 떠오르지 않았다.

결혼을 하면서 남편의 첫 번째 각시 자리를 차지했나 싶었는데, 그에게는 첫사랑이 있었다. 하지만 그녀를 사랑하지는 않았다고, 실수라고, 거짓말이라도 해 주더니, 오늘은 사과가 제일 예쁘다고 말했다.

나는 두 번째가 좋은 점은 뭐라도 있지 않을까 두루 찾아보았다.

그래! 우선 누가 나를 시샘하는 사람이 없었다. 일등을 하는 사람의 스트레스를, 꼴등의 주변만 서성이는 내가 어떻게 알 수 있을까. 어느 일 등만 하던 여고생은 자살까지 하지 않았던가. 또 최고의 부자는 그것을 지키려고 갖은 방법을 동원하다가 그 망신살이 매스컴을 타지 않던가. 로또복권에 일 등을 한 사람은 제가 살던 마을에서 살지도 못하고 죄진 사람처럼 숨어 산다지 않는가. 또 내가 알고 있던 사람은 로또복권에 일등을 하고 난 얼마 뒤, 계단에서 굴러 떨어져 숨졌다. 그러고 보면 평범한 것이 행복인지도 모를 일이었다.

개똥이, 돼지, 돌이… 흔하고 천한 아명을 지어 불러서 남들의 시샘에서 벗어난, 옛날 선조들의 지혜를 알만했다. 그럼 신은 미리 알고 나에게 두 번째 이하 자리만 허락했을까?

그래도 그렇지, 아무리 내 마음을 위로 하려고 해도 마음이 허기진 것은 웬일일까?

먹는 것으로 위는 차겠지만 마음이 차지 않았다. 그래도 여유로운 자리라고 마음을 편히 먹고 살아야겠지? 그 무엇도 이젠 가능성이 없는 짓이니, 순리대로 사는 것이 편할 것 같았다.

그래서 나는 늘 다음, 다음 자리만이 내 차지인가 보다.

잊을 수 없는 사람

청량리역에서 정동진으로 가는 밤 기차를 타려고 기다리고 있을 때였다.

남루한 옷차림의 청년이 내 주위를 서성였다. 얼핏 보아서 노숙자 같지는 않았고 젊었지만 학생 같지도 않았다. 눈길이 마주치자 그는 나에게 다가왔다.

"아주머니, 집에 가려고 하는데 차비가 좀 모자라서요. 삼천 원만 빌려 주세요."

했다. 집이 청량리역에서 탈 수 없는, '공주'라는데 의심이 들어 잔돈이 없다는 핑계를 대고 주지 않았다.

돈을 주지 않고 돌려세운 나의 뇌리에 문득 수십 년이 지난 일이 떠올랐다.

그 때, 난 오빠네 집에 가려고 인천행 시외버스를 탔었다. 깊은 잠에 빠졌다가 차창에 머리를 부딪치며 깨어났다. 목적지가 지나친 것 같았다. 급하게 세워 달라고 해서 후다닥 내리고 보니 낯선 바깥 풍경이 아무래도 잘못 내린 것 같았다. 버스가 조그맣게 보일 무렵 설상가상 난 손가방을 두고 내린 것을 알아차렸다. 이미 떠나버린 차를 한 참 멍하니 쳐다보다가 터덜터덜 걷기 시작했다. 한 시간은 걸어야 한다고 생각하니 힘이 빠졌다. 그때 뒤에서 트럭이 빵빵거리며 멈춰 섰다. 방향이 같으면 타라고 했다. 걷기가 싫던 차에 올라탔다. 그런데 아무래도 내가 늘 지나가던 길이 아닌 것 같았다. 이상한 예감이 들어 어디냐고 묻자 지름길이라고 했다. 밖은 이미 어둑해서 사물을 분간하기 어려웠다. 불안해지는 마음으로 기사의 얼굴을 힐끗 쳐다보니 아까와는 달리 험상궂게 보였다.

"내려 주세요."

완강하게 내린다고 하자 기사는 나를 벌판에다 내려놓고 휭 하니 속력을 내며 가버렸다. 광장같이 넓은 그곳은 사방이 캄캄하고 아무것도 보이지 않았다. 정신을 가다듬고 바라보니 멀리 불빛이 반짝였다. 그곳에서 행인 한 사람을 만났다.

"아줌마, 버스 정류장이 어디예요?"

"저어긴데, 얼른 가면 막차를 탈 수 있을 거유."

불빛이 있는 그곳으로 빠르게 걸었다. 시끌벅적한 사람들의 소리가 들려왔다. 반갑기는 했지만 막상 누구에게 도움을 청해야 할지 난감했다. 어정거리며 동정을 살폈다. 나의 과녁에 들어온 사람은 사십이 조금 넘었을 아저씨였다. 이웃 사람처럼 친근감이 느껴지는 그에게로 다가갔다.

"저, 저…"

생각과는 달리 말이 잘 나오지 않았다. 어쩔 줄 몰라 하다가 기어들어가는 목소리로 차비만 좀 빌려 달라고 입을 열었다. 아저씨는 나의 아래 위를 보았다. 그리고는 나에게 배고프지 않느냐고 물었다. 난 불안감에 경계심이 생겨 고개를 저었다. 그러자 그는 내 마음을 읽었는지 갈 곳을 묻고 지갑을 꺼냈다. 밥을 먹고 가도 막차를 탈 수 있을 거라며 돈을 만 오천 원을 건네주었다.

"주소를 가르쳐 주시면⋯"

말이 채 끝나기도 전에 그 아저씨는 이런 상투적인 말에 여러 번 속은 모양인지 야릇한 미소를 띠며

"고맙다는 생각이 들거든, 이다음에 아가씨처럼 어려운 일을 당한 사람에게 베풀어줘요. 그것이 나에게 갚는 것이라 생각하면 돼요."

난 몇 번이고 고맙다며 머리를 꾸벅거렸다. 돈을 갚는 길은 이웃사랑 이어가기를 하라는 말인 듯했다. 난 속으로 '러브체인, 그것도 못할까?' 그때에는 당연히 그렇게 할 것이라 내 맘을 의심하지 않았다.

옛일도 가물가물해졌다. 저만치서, 손을 내밀며 구걸을 할 것 같은 사람이 내 앞으로 걸어오는 낌새가 보이면, 나는 피해 가든지, 고개를 돌려 딴전을 보는 척 할 때가 많아졌다. 그러다 불쑥 그때의 기억이 떠오를 때가 있는데, 그럴 때 나는 오래된 빚쟁이

를 보고 숨어버린 기분이랄까? 그런 느낌을 받았다.

장미꽃밭에 엎어졌어요

유월의 줄장미가 핏빛보다 붉게 피어난다. 아침 이슬을 머금고 막 담을 넘어온 그 얼굴이 신선하다. 줄기는 가시로 에워싸 철통 수비를 하고 있다.

신이 처음 장미를 만들었을 때, 사랑의 사자 큐피트는 그 아름다운 장미를 보고 너무나 사랑스러워 키스를 하려고 입을 내밀었습니다. 그 때 꽃 속에 있던 벌들이 깜짝 놀라 침으로 큐피트를 쏘고 말았습니다. 이것을 지켜보고 있던 비너스는 큐피트가 안스러워 벌을 잡아서 침을 빼내었습니다. 그리고 장미 줄기에 꽂아 두었습니다. 그 후에도 큐피트는 가시에 찔리는 아픔을 마다 않고 여전히 장미를 사랑 했다고 합니다.

　　　　　　　-박성철의〈사랑하는 사람이 생겼습니다〉에서

이 신화는 사람들이 가져야할 사랑의 자세에 대해 말해주고 있다. 처음 곁에서 지켜 볼 때는 아름다움만 볼 수 있지만 그것을 사랑하려면 장미의 가시가 주는 아픔도 감내해야 하는 것이라고. 장미의 아름다움 뿐 아니라 가시가 주는 아픔까지도 사랑할 때 비로소 온전한 사랑이라고 말하고 있다.

마음에 가시를 품고 사는 사람도 있다. 무엇이 다가오기 바쁘게 톡 쏘는 장미 가시 같은 여자와 톡 쏘이고도 금세 잊어버리고 다시 날아드는 벌 같은 사내가 한집에 살았다.

사내는 피해 가면 찔리지 않아도 될 일을 기어이 가시 넝쿨 앞에서 바지를 걷고 건너려 한다. 사내의 만성적인 습관에 일침을 가하기 위해 여자는 늘 가시를 곤두세웠다.

어느 날 만난 친구는 여자의 이야기를 듣고 난 후, 판판한 탁자 위에 둥근 연필을 두면 굴러가는 것은 당연한 일이고 새 모양으로 태어나는 것이 고치는 것보다 쉬울 것이라며, 그냥 생긴 대로 살게 두란다. 꼭 짚고 넘어가는 쪽이 까칠한 성미라고 했다.

뱀 허물처럼 벗어 놓은 바지도, 양치질을 하고 입을 제대로 행구지 않고 입 맞추려고 입을 내밀어도, 촉각을 곤두세우지 말고 그 현상에 얼른 적응을 하란다. 손이 늘 축축한 것도, 땀이 발효된 체취도 건강함과 성실함의 냄새라고 생각의 각도만 바꾸면 향기일 수 있다는 얘기를 했다. 꽃의 냄새만 향기가 아니라 거름 냄새도 파리에겐 좋은 냄새일 수 있듯이, 생각을 바꾸면 불편하지 않게 살아갈 수 있다고 친구는 말했다.

그 친구와 말하기 전까지 여자는 한 번도 톡, 톡 쏘는 자신의 가시가 상대에게 얼마나 상처를 남기는지, 아프게 하는지에 대해서는 생각해 본 일이 없었다. 팽이는 치면 더 잘 돌아 가듯이 사내는 각시가 고치려 할수록 더 고집스럽게 하고 싶은 모양이라고 막연히 짐작했다. 그리고는 사내가 무심코 되풀이 할 때마다 여자는 가시를 세웠다. 어느 날 사내가 가시에 찔려 생채기가 났다. 누군가 왜 그리 됐냐고 물었을 때,

"장미꽃밭에 엎어졌어요."

심장이 뜨끔했을 가시가 주는 고통도 장미에 접근하다가 찔리는 것은 대수롭지 않다는 말투였다.

버스에서 내려 마을로 들어가는 길에는 이미 어둠이 짙게 깔렸다. 희뿌연 농로를 걸어가노라니 봇도랑의 물소리는 효과음처럼 깔린다. 산마루에 걸려 있던 은환 같은 달이 수줍은 소녀처럼 산 뒤로 숨어 버린다. 어둠 속 까만 하늘에 별빛이 쏟아진다. 별빛에 취한 여자에게 앞을 잘 보고 걸으라고 그가 말을 했지만 여자는 초롱초롱 빛나는 별만 보고 걸었다.

여자는 별을 좋아 했다. 특히 반짝이는 여름밤의 별을 좋아 했다.

사내는 여자의 앞에 와서 앉으며 등을 구부린다. 업어 주겠다는 신호다. 땀 냄새가 확 풍겨오는 사내의 등에서 십 수 년이 지난 구겨진 얘기들을 바로 어제 사내가 저지른 것처럼 열을 올린다. '그래, 그래 맞아.' 사내는 방금 잘못한 사람 마냥 꾸벅거리다가 고개를 돌려 씨익 웃는다. 그의 얼굴에 별빛이 묻어 반짝인다.

꽃의 꿀만 탐하는 어리석은 한 마리 벌인가 했더니, 그 벌에게 꼭꼭 침을 놓는 가시는 여자에게만 있었다. 사내는 벌써 여자의 가시까지도 품어 왔다는 것을 여자는 알지 못했다.

가시에 찔리고도 웃음 짓는, 장미꽃을 좋아하는 남자, 사내의 웃음은 이미 가시를 품어 안아야 나올 수 있는 미소라는 것을.

김세희의 '스토리 에세이' 세계
'스토리 에세이'의 중심축 《마지막 낭만》
유한근

김세희의 '스토리 에세이' 세계
'스토리 에세이'의 중심축 《마지막 낭만》

유한근

문학평론가 전 SCAU교수

 김세희의 책 《마지막 낭만》을 일별한 후 이 작품을 어떻게 평가해야 할지 난감했다. 김세희의 이 작품집을 '책'이라 표현한 것은 이 작품의 성격이 문학사적으로 잡히지 않기 때문이다. 그래서 당황했다는 표현이다.

 이 글이 소설의 영역 속의 작품인지? 아니면 사소설 혹은 신변소설로 봐야 할 것인지? 세계소설사는 물론 한국문학의 계보, 그 맥락들을 공시적으로 또는 통시적으로 검색해 보았지만 필자의 보잘것없는 학문이나 문학평론의 포충망에 걸리는 것이 없었다. 그래서 작가의 체험의 서사를, 아니면 작가 주변의 지인들의 신변적 서사를 소설의 표현양식을 빌어 왔다는 불변적 요소를 놓고 고민한 결과, '스토리 에세이'라는 복합어를 신조한 것이다. 문학예술의 한 양식인 소설의 미학적 장치들을 생각하고 스토리 혹은 서사만을 전개해서 쓰고 있다는 점으로 보아 소설이라

기보다는 금세기에 각광받는 '스토리'라는 영역에 정착시킬 수는
있지만, 수필가라는 문학적 신분 때문인지 스토리 전개 중 혹은
스토리 전개 속에 아포리즘적인 사유가 깊게 배어나온다는 점에
서 '에세이'적인 성격의 글이라는 생각으로 '스토리 에세이'라는
장르로 편의상 지칭하기로 했다.

그리고 이 책에 실린 작품들 중에 지인의 실제 스토리로 보이는
서사 구조에 약간의 문학적 장치와 허구를 삽입한 것으로 보이
는 〈캥거루와 달팽이〉라는 작품을 《인간과문학》에 '원 소스 멀
티-유스'적 역할에 기대'라는 제목으로 스토리 부문의 등단 작
품으로 추천했다. 그 추천의 말에서 필자는 이렇게 언급했다.
"김세희 작가는 시인이며 수필가로 이미 몇 권의 저서를 펴낸 작
가이다. 이 여름에 한 권의 책으로 내려는 에세이집의 평설을 쓰
기 위해 일별하다가 주목되는 작품을 발견할 수 있었다. 그 작
품이 〈캥거루와 달팽이〉라는 작품이다. 작가로부터 들은 말에
의하면, 이 작품은 작가 지인의 가정 이야기를 수필로 쓰려 하
다가, 그들 사생활의 비밀을 지켜주기 위한 장치로 소설적 표현
양식을 차용하여 수필로 쓰다 보니까, 작가 자신의 상상력과 다
소의 스토리 구성미학에 따른 허구가 들어가 본의 아니게 외적
으로 소설처럼 되어버리게 되었다는 것이다. 이를 읽으면서 나는
이 글의 성격을 소설이라는 장르의 문학장르보다는 아직은 편입
되지 못하고 있지만 언젠가는 문학의 한 장르로서 편입될 '스토

리'라는 양식이라 지칭되어도 좋을 것이라는 판단이 들었다. 그래도 오랫동안 고민해왔던 '스토리'라는 문학장르를 신설하여 독자들에서 실험적으로 보여주기로 했다. 그리고 그 첫 단편 스토리로 김세희 〈캥거루와 달팽이〉를 추천하기로 하였다"가 그것이다.

1. 세 편의 '스토리 에세이'의 면모

〈캥거루와 달팽이〉는 한 가족 이야기이다. 단편적인 스토리이지만 여러 명의 인물이 등장한다. 이에 따라 다른 장르로 확대 재창조할 때, 예컨대 이 스토리를 소스로 해서 시나리오로 각색할 때 충분히 중편 혹은 장편 분량의 이야기가 만들어질 것으로 보인다,

이 소설의 나레이터 '나'는 은나라라는 이름을 가진 젊은 여자이다. 이 여자는 "별볼일 없는 전문대학을 나와서, 4년제 대학에 편입"했고, 졸업 후 은행에 계약직으로 들어가. 계약직이 끝났지만 재계약되지는 않았고, 교사 임용고시를 준비하여 두 번 만에 발령순서 19번째로 붙은 재원이다. "성적이 좋지 않아 언제 발령이 날지는 기약이 없었다. 아마 이 년은 더 기다려야 할 것 같"다는 미혼녀으로, 이 여자의 이야기를 픽션으로 전개해나가면

요즘의 젊은 세대의 이야기를 재미있게 끌고 갈 수 있을 것이다. 이럴 경우는 이 스토리의 시점은 일인칭서술이 될 것이다. 그러나 이 스토리는 일인칭관찰자서술로 '나' 은나라가 관찰자이다.

그 첫 번째 관찰 대상은 은행에 근무하다가 퇴직해 주식에 빠져 있는 아버지이다. 이 아버지의 주식이야기를 통해서도 전문적인 주식 이야기를 얼마든지 확대하여 전개해나갈 수 있을 것이다, 그리고 그것을 못마땅하게 생각하는 어머니, 그리고 결혼했으나 형부의 지나친 성적 취향으로 견디지 못하고 이혼한 언니가 두 번째 관찰자로 작금의 이혼 풍조를 디테일하게 전개해나갈 수 있는 성격이다. 그 다음 관찰 대상이 지하철에서 만난 여자애를 임신시킨 남동생인데 이 또한 재미있는 성격의 소유자이다.

이 언니와 남동생과 은행계약직으로 근무하다가 교사임용을 기다리는 화자인 '나'를 캥거루 가족으로 비유했고, 나레이터의 주식하는 아빠를 달팽이로 비유, 혹은 표상하여 이야기를 꾸며나가고 있는 솜씨가 만만치 않은 것은 김세희 작가가 세 권의 시집과 한 권의 수필집을 펴낸 작가이기도 때문일 것이다.

하지만, 전체적인 흐름이나 스토리 전개가 소설 못지 않지만 간혹 가다가 튀어나오는 에세이적인 문장 표현과 교시적 전술 등이 보여 스토리 에세이(?)라는 신조 장르로 보여 문단에 첫선을 보여도 좋을 것이라는 나름의 장르론적 판단에 의해 이 한 권의 책의 성격을 '스토리 에세이'로 명명한 것이다,

특히 이 스토리가 어떻게 원 소스가 되어 '원 소스 멀티-유스(one source multi use)'적 역할을 하는가는 차후의 문제이다. 그러나 스토리라는 장르가 원 소스 멀티유스시대에 문화콘텐츠 문학장르로서의 가능지표를 제시할 수 있을 것이라는 예감이 이제는 현실적인 성과로 나타나고 있다. 과거, 소설이 영화의 원작이었던 시대가 있었다. 영화뿐만 아니라, TV드라마, 연극, 만화 등의 원작으로, 지금의 '원 소스 멀티' 역할을 해왔다. 그러나 이제는 그 역할을 만화, 애니메이션, 웹소설에게 다 내주었다. 인터넷 매체로 인해서 다 넘기게 되었다. 오히려 이제는 영화와 만화로부터 그 소스를 문학이 빌려와야 할 판이다. 이런 점에서 이제, 소설이 해왔던 역할을 '스토리'가 해야 할 것으로 보인다.

모든 내러티브 예술 장르는 스토리, 플롯, 그리고 구조를 가지고 있다. 플롯(Plot, 구성)은 스토리와 달리, 사건들과 극적 행위들을 화자가 제시하는 대로 구성하는 것을 의미한다. 플롯의 경우, 작가는 많은 스토리의 가능성 가운데 중요한 사건과 극적 행위를 선택, 배열함으로써 가장 바람직한 정서적 예술미학을 산출해 내려고 한다. 플롯에서 가장 중요한 것은 갈등 구조이며 복선이다. 그러나 스토리의 플롯은 소설의 플롯과는 달리 이야기 라인만 진행시키면 된다. 그래서 '스토리'의 장르인 미스터리, 호로, 로맨스, 판타지 등은 그 장르의 성격에 따라 흥미 있는 스토리만 따라가면 된다. '스토리'가 원 소스 멀티-유스적 주요한 역할을 잘할 수 있는 장점을 가지고 있다는 의미이다. 그러나 문자매체문학과 영상매체문학은 같은 스토리 장르라 해도 이 양자를 다루는 매체가 다르기 때문에 그 표현 양식이나 제작 방식이 다를 수밖에는 없다. 소설이 스토리 읽기라면, 영상매체는 움직이는 이미지를 바라보는 스토리이기 때문이다. 그럼에도 불구하고 기존의 영상매체는 문학 작품인 소설에서 그 주제와 스토리를 차용해 왔던 것처럼 이제는 그 기능에 쇠퇴하였기 때문에 '스토리'라는 새로운 장르가 그 역할을 대신해야 할 것이다. 그래서 '스토리'를 미래의 문학 장르로 설정하려는 것이다.

이런 맥락에서 〈캥거루와 달팽이〉와 함께 단편 스토리로 주목받을 수 있는 이른 바 '스토리 에세이'는 〈마지막 낭만〉과 〈목련 후기〉 그리고 〈불꽃놀이〉이다.

〈마지막 낭만〉은 작가가 로마에서 만난 남자와의 로맨스(?)을 모티프로 한 스토리이다. 불확실하다는 '(?)' 이런 의문기호를 사용하였지만 굳이 장르로 분류하면 로맨스 장르이다. 해외 여행에서 있을뻔한 허구가 없기 때문에 이 작품을 소설이라 지칭하지 않을 뿐이지만 소설적인 형식미학이 갖춘 스토리이다. 결말 부분의 마지막 문단인 "나는 몇 발짝 가다가 너무 궁금해서 견딜 수 없었다. 뒤를 돌아다보았다. 사내는 아직도 그 자리에 멀거니 서 있었다. 그는 지금 무얼 생각하고 있을까? 지난날 자신의 펼치지 못한 미완성 짝사랑을 되감기하고 있을까? 아니면 자신의 마지막 낭만을 설계하고 있을까? 그의 뒤로 붉게 물든 석양이 지고 있었다"에서 알 수 있듯이 작가는 이 '스토리 에세이'에서 로맨스를 꿈꾸고 있는 것이다. 그래서 이 작품의 제목을 '마지막 낭만'이라 붙인 것으로 보인다.

 이 스토리의 서두는 이렇게 시작된다. "'만약에'는 1%의 확률을 의미한다고 생각했다. 99%는 진행이 잘 될 수 있다는 말이기도 했다. 그런데 바로 그 1%가 나에게 생겼다. 그 예외는 나의 예상과는 전혀 다른 방향으로 흘러갔다. 그것은 일상의 탈출 같은 것일 수도 있지만 나쁜 기억으로 연결될 수도 있었다"라는 이 서두부분를 볼 때, 이 스토리의 주인공이고 나레이터인 '나'는 '일상의 탈출'을 꿈꾸는 보통사람이지만 1%의 확률에도 희망을 가지고 긍정적인 인물임을 알 수 있다. 하지만 그 1%가 맞아 떨어져 한국으로서 가는 여객기를 타지 못한다. 그래서 마지막 낭만을 꿈꿀 수있는 인연을 만나게 된다. 로마로 오는 "비행기 속에서 잠만 자던 옆자리 남자"와 비엔나행을 동행하게 된 것이다. 이로 인해 소설이었다면 얼마든지 픽션 구성이 가능했겠지만, 에세이라는 장르적 미학 때문에 김세희는 남자와 같이 한국으로 돌아오는 비행기에서 '똥꿈'과 젊은 날의 스토커였던 남자의 이야기를 꿈으로 구성한다. 그리고 그 스토커 녀석의 얼굴에 이틀을 같이 여행한 남자와 겹쳐 보이는 것으로 설정한다. 이런 꿈의 설정은 허구가 인정되지 않는 수필가의 작가 상상력으로 가능한 영역이다. 독자의 상상력을 자극시키기 위한 장치일 수도 있다기 때문이다. 그리고 '마지막 낭만'을 가능케 하는 작가와 독자의 공감된 몽상일 수 있기 때문이다.

스토리 〈목련 후기〉는 시인 복효근의 시와 제목이 동일하다, 그러나 시와는 다른 모티프의 작품이다. 동명의 시 서두가 "목련꽃 지는 모습 지저분하다고 말하지 말라"로 시작하지만, 이 스토리의 서두는 다르게 시작한다. "낮과 밤이 다른 그였다. 아니, 둘만 있을 때라고 해야 맞을 것 같다. 그의 머릿속엔 성격 다른 어떤 인간이 말하고 조종하는 것 같을 때가 많았다. 그런 그의 행동을 보면 양가감정이 일어나지 않을 수 없다. 교육받은 한 인간이 하는 행동과, 특히 술을 마시고 취했을 때는 귀신 쓴 것 같은, 좋게 말해서 무의식이 그를 조종하는 것처럼 보였다"에서 '그'는 '나'의 남편을 말한다. "그런 그를 나는 가족들에게도 무슨 비밀처럼 말하지 못했다. 말하고 나면 동정의 시선을 받는 것도 싫고, 나 자신이 초라해지는 것 같아 싫었다./휴대폰은 나에게 족쇄가 된 지 오래였다. 오늘도 벌써 12통이 찍혀있었다"에서 짐작할 수 있지만, '나'는 의처증 남편과의 긴장된 삶을 사는 여자임을 서두부터 암시한다. 결국 '나'와 남편은 헤어지게 된다. 그 과정을 스토리 라인으로 한 작품이다.

이런 이야기를 수필로 쓰기에는 큰 용기가 필요할 것이다. 소설 형식을 빌어 쓰는 것은 큰 용기 없이는 가능하지 않은 이야기이다. 특히 남편인 '그'의 이야기는 더욱 그러하다. 그럼에도 불구하고 작가는 진솔해진다. "그는 '혼인신고'가 종 문서에 도장을 찍은 줄 아는지, 매사에 명령하려 들었다. 조선 사람이 타임머신을 타고 한국으로 와서 아직 적응하지 못한, 마지막 조선시대를 살고 있는 남자 같았다. 그의 머릿속에, 여자들은 모두 '여필종부'로 살아야 한다고 인식하는 것 같았다"에서 혼인문서를 노예계약서로 아는 전근대적인 남자들의 이야기를 작가는 이렇게 '말하기' 서술방식으로 비판한다. 물론 필요한 상황일 때는 그 표현방식을 '보여주기' 방식으로 하고 있다. 그러나 수필에서 흔히 쓰는 말하기 방식으로 서사를 끌고 간다. 그 대표적인 이야기가 '나'와 남편의 단편적인 결혼생활 서사이다. "그가 태어난 집성촌 전체가 여자를 대하는 인식이 모두 그랬다. 그런 곳에서 어렸을 때부터 물이든 그가 그러는 건 당연한 일인지도 몰랐다. 알고 보니 그 동네엔 남편과 같은 인간들이 수두룩했다./남편은 이웃 사람들이 우리 집에 오는 것도 싫어했고, 내가 이웃 집에 가는 것도 싫어했다. 그런 것은 다 핑계가 있었는데, 남편과 사별하고 세 딸과 사는 서연 엄마는 놈팡이 같은 놈을 나에게 분양할지 모른다며 못 만나게 했고, 항상 친절하고 유머가 풍부한 이웃 아주머니는, 음담패설을 배울지 모르니 만나지 못하게 했다. 예쁘게 꾸미고 다니는 친구는 색기色氣가 흐른다며 만

나는 것도, 오는 것도 못 하게 했다. 나는 보이지 않는 끈으로 팔다리가 묶여진 것 같은 구속감을 느꼈다. 같이 있을 땐, TV드라마도 내 맘대로 선택할 수 없었다. 막장 드라마라느니, 패륜적이라느니 하며 자기 마음대로 채널을 돌렸다. 그는 내가 선녀인 줄 아는 것 같았다"는 이러한 서술이 악의적인 비판처럼 들릴 수도 있지만 이 서사를 일별하면 이 작품의 긴장된 구성으로 인해 그 서술에 동감하게 되고 감동을 같이 하게 된다.

작가가 자신의 어두운 서사를 토로하는 것은 쉽지 않다. 소설 양식의 표현 방식을 차용해서 그러하다. 그래서 앞서 용기가 필요함을 역설했다. 철저한 작가정신 없이는 가능하지 않다. 작가정신은 문학의 역할에 뿌리를 둔다. 문학의 역할에 대한 담론은 작가들에 따라 다르겠지만, 문학이 인간 삶의 본질과 인간 본체 해명에 받혀져야 한다는 작가의 책무 때문에 작가는 자신의 어두운 서사라도 이야기할 수 있는 용기를 내는 것으로 보인다. 그 점에서 김세희는 이 시대의 용기 있는 진정한 작가이다.

2. 원 소스 멀티-유스의 중심에 서 있는 장르

김세희 수필은 다른 작가의 경우처럼 고향을 배경으로 하는 유년 시절의 서사인 가족 이야기, 친구 이야기, 그리고 친지 이야기에서 크게 벗어나지 않는다. 이 중 작가의 이름 바꾼 이야기를 모티프로 한 〈제일 아름다운 이름〉에서는 손녀 이야기도 포함되어 있다. 고향의 생달할매 서사를 모티프로 하면서 시어머니 서사를 쓰기도 하지만, 가장 인상에 남는 이야기는 뇌성마비 시동생의 막내딸인 〈아름다운 미선이〉 이야기이다. 또한 수필 속에서 남편 이야기가 나오기는 하지만, 그래도 분량이 많은 〈불꽃놀이〉 〈사랑한다 말하지 않아도〉, 〈주홍 글씨〉는 주목된다. 특히 〈사랑한다 말하지 않아도〉는 이 소스를 본격적인 동화로 재창조해도 좋을 서사이다. 물론 짧은 분량의 서사수필의 경우에는 원작이 될 수 있는 화소話素로 한계가 없지 않지만, 그래도 그런 에피소드가 일관된 모티프로 묶일 때 하나의 감동적인 스토리가 만들어질 것이다.

〈불꽃놀이〉는 태종대에서 수묵화 전시회를 열면서 체험하게 된 서사를 쓴 스토리 에세이다. 이 작품은 에세이적인 성격이 강하다, 그것은 다음과 같은 서술 때문이다, "수묵화의 여백에서 볼 수 있는 여유와 해방감 같은 것이 좋았고 정신세계를, 내가 정신세계라고 표현할 것까지는 없지만, 지워지지 않는 내 마음을 담아내기에 오히려 최적인 것 같았다./석탄과 눈, 흑과 백, 그리고 그 여름밤의 별은 내 영혼 속에 각인되어 있었다. 별을 좋아한다고 서예 선생이 지은 호號 역시 은하수를 이른다는 '서하西河'였다"라는 수묵화에 대한 작가의 견해를 피력하고 있는 부분 때문이다. 또한 "수묵화의 여백은 일탈을 꿈꾸는 나에게 영혼이 쉴 수 있는 여유와 그것에 몰입해 있는 동안, 틀에 박힌 생활에서 자유와 해방감을 주었다"라는 작품에서의 작중인물 '나'의 심리묘사 때문이기도 하다. 그러나 이 스토리에서 흥미를 느끼게 하는 것은 '조천천'이라는 별명의 '그'. "그녀는 더 이상 묻지 않았다. 그리고 이 주가 더 지났을 무렵, 그의 전화번호를 알려 주었다. 막상 번호를 받고 보니 마음과는 달리 선 듯 숫자에 손가락이 가지 않았다. 연년생의 두 아들이 고등학생이 된 지금의 현실에 갑자기 그가 뛰어 든다는 것은, 무엇이 튀어 나올지도 모를 판도라의 상자를 받은 것 같았다. 보름이나 망설였다"에서의 구체적인 이야기 곧 판도라 상자의 개봉이다. 이 판도라의 상자는 독자들의 상상력을 자극하는 부분이기도 하다.

〈주홍 글씨〉는 병든 남편을 두고 열애에 빠진 여인의 이야기이다. 그 여인은 남편 친구의 부인이다. 이 여인의 이야기를 하면서 김세희 작가는 이 스토리 에세이의 결말 부분에서 호손의 소설 〈주홍글씨〉를 떠올린다. "소설 〈주홍글씨〉에 나오는 여주인공은 가슴에 A자를 걸고 다닌다. 간통한 여자에게 주어지는 형벌이었다. 그녀의 정부인 목사님은 무심한 듯했으나 그것이 아니었다. 스스로 가슴의 살을 A자로 도려내니 가슴에 피로 A자가 새겨진다. 맨살의 가슴에 '주홍 글씨'를 쓰고 다닌 목사님, 여자와 고통을 함께 하려고 한 감동스런 이야기다. 목사님의 가슴에 피로 새겨진 A자에서 진실한 사랑의 아픔이 내게도 전해져 그 아릿한 아픔은 내 가슴에 오랫동안 여운을 남겼었다"라고 리뷰적인 서술을 하다가, "내가 사는 세상에도 그런 남자가 있을까?/그녀의 연인은, 가까웠던 이들에게 돌팔매질 당한 그녀의 아픔을, 자기 살을 도려 낸 것처럼 아파했을까?/왜 여자만 아픔을 감당해야 하는가? 빌미를 제공한 사람도 있고 금단의 사과를 같이 먹은 사람도 있는데, 왜 사람들은 여자에게만 돌을 던지는가"라고 비판하기도 한다. 그리고 성경구절인 "누가 죄 없는 자만이 이 여자를 돌로 치라"고 마무리한다. 다분히 페미니즘적인 사유이다.

〈사랑한다 말하지 않아도〉의 서두는 이렇게 시작된다. "몇 년 전부터 건널목 여기저기 붙어있던 '송혜희를 찾아 주세요.'라는 현수막. 고교생 딸을 잃어버린 아버지가 이십 수년 전국을 찾아다니다가 어제 교통사고로 세상을 떠났다는 TV 자막이 지나갔다. 잊을만하면 새로운 현수막이 붙어있어서 속으론 죽지 않았을까? 하고 생각하며 보던 현수막. 부모가 자식을 잃어버린다는 건 아마 죽기 전에는 못 잊을 일이 될 것이다"고 말하면서, 김세희 작가는 이 '스토리 에세이'에게 말하고 싶은 바 메시지를 밝히고 있다. 그러면서 "내가 아주 어린 시절이었다. 그리 긴 시간이 아닌 한나절 없어졌을 때, 나를 찾던 엄마가 떠올랐다"면서 유년 시절 작가의 이야기를 소환한다. 이 이야기에 독자는 궁금해진다. 사탕가게의 알사탕 때문에 "사탕가게 아주머니가 '너 우리 딸 할래?'라고 물었을 때 나는 망설임 없이 고개를 끄덕였"던 유년의 작가와 찾아다니는 어머니, 가족 이야기가 한 편의 동화처럼 펼쳐진다. 이 서사가 원 소스 멀티-유스적인 역할로 확대될 때 그 가능성은 동화로 그치지 않고 애니메이션이나 다른 영상매체의 소스로도 전개되어 나갈 수 있을 것으로 보인다.

작가는 이 작품의 결말 부분에서 "딸이 넷이나 되었던 우리 집, 한 입이라도 덜면 더 나은 생활을 할 수 있었던 그 시대에 예사로 있었던 일이었다. 그래도 엄마, 아버지가 나를 양녀로 보내지 않고, 엄마, 아버지의 딸로 살게 했던 것이 얼마나 다행한 일인지, '사랑한다.' 말하지 않아도 충분히 그 마음 알 수 있겠다. /'니는 누가 맛있는 것을 사준다면, 엄마도 버리고 또 따라 갈거지?'/엄마의 섭섭하고 미웠던 이 말이 사랑한다는 또 다른 표현이라는 것, 수십 년이 지난 뒤에야 알았다"라는 토로가 이 작품이 '스토리 에세이'적인 성격의 작품임을 확신하게 된다.

이외 200자원고지 5매 내외의 짧은 수필에 대한 개별적인 평설은 앞서 언급한 "에피소드가 일관된 모티프로 묶일 때 감동적인 스토리가 만들어질" 수 있음을 다시 확인하며 '스토리 에세이'의 가능지평을 환기한다.

필자는 기회있을 때마다 서사문학의 하나라 할 수 있는 수필의 원 소스 멀티-유스의 가능지평을 반복적으로 언급했다. 그 배경에는 상당수의 수필가들이 많이 쓰고 있다는 서사수필의 대

세 때문이다. 이에 따라 서사수필의 문제점과 한국수필계를 반성하면서, 이를 극복하는 하나의 방편으로 목성균 작가의 서사성을 주목했다. 그리고 그의 수필 서사성이 원 소스 멀티-유스적인 기능으로 확대되어 새로운 가능지평을 열 것이라는 확신을 가졌다. 그러나 그 기대는 성급한 것이라는 판단이 들던 차 김세희의 스토리를 만나게 된 것이다. 이에 새로운 기대를 걸고, 필자는 '스토리 에세이'의 가능지평을 열려고 한다. 그 중심에《마지막 낭만》이 있다.

마지막 낭만

초판 1쇄 발행 2025년 6월 4일

지은이 김세희
펴낸이 유보연
펴낸곳 다름북스
디자인 유연

출판신고번호 제2021-000252호
전자우편 nepduu@naver.com

ISBN 979-11-992931-0-6(03800)
ⓒ김세희, 2025